Georges Raillard

Der Lauf des Amazonas

AF192204

Georges Raillard

Der Lauf
des Amazonas

Geschichten

ISBN 978-3-8391-2964-7

© Georges Raillard 2009
Herstellung und Verlag: Books on Demand GmbH, Norderstedt

Inhalt

LANUTTI, EINE RANDFIGUR

NOVEMBERGESCHICHTEN

DER LAUF DES AMAZONAS

Der Lauf des Amazonas

Lag er schon länger wach? Von irgendwoher blubberte es; sonst frühmorgendliche Ruhe. Er wälzte sich aus dem Bett, trottete zum Fenster und streckte den Kopf hinaus. Überraschend floss der Amazonas nicht vor seinem Fenster vorüber. Sollte man mal ändern, dachte er; nach dem Frühstück vielleicht. Erleichtert und voller Befriedigung, als wäre mit diesem Gedanken das Große geleistet und, bis auf wenige unwesentliche Einzelheiten, vollendet, legte er sich wieder ins Bett und schlief noch lange, bevor er sich ans Werk machte.

Himmelblau

Der Isonius-Park wird im Volksmund auch Schön-
wetterpark genannt, denn an Tagen ohne Sonnenschein
bleibt er bekanntlich geschlossen. Warum dies so ist und
woher die Redensart stammt, darüber gibt sich allerdings
kaum jemand Rechenschaft ab. Den Namen Isonius mag
man noch mit Malerei in Verbindung bringen, aber mehr
nicht. Höchste Zeit also, dass den geneigten Besuchern
von nah und fern die wahre Geschichte der Entstehung
dieses Parks zur Kenntnis gebracht wird.
Aderbald Isohn (latinisierend Isonius genannt) war in der
Tat ein Maler, und zwar des 15. Jahrhunderts. Allerdings
hat er kein einziges Bild gemalt. Fertiggemalt, müsste
man sagen, denn eins, ein einziges, hat er angefangen zu
malen, sein erstes. Es war schon recht weit gediehen und
zeigte eine schöne Landschaft. Es fehlte nur noch der
Himmel. Blau sollte er werden. Isonius blickte zum Himmel empor. Er band den Pinsel zuerst an eine Besenstan-
ge, dann an eine Bohnenstange, schließlich an einen langen Ast einer Eiche und versuchte, den Pinsel in den
blauen Himmel zu tauchen. Doch der Pinsel blieb trocken.
Womöglich begünstigt vom Herumwedeln des Pinsels in
der Höhe, kam bald Wind auf, und der Wind brachte Regenwolken. Rasch stellte der Maler Zuber auf, in der
Hoffnung, das Regenwasser enthalte etwas herunterge-
spültes Blau vom Himmel, wenn auch nur in Stäubchen-
form. Doch sooft er das aufgefangene Regenwasser auch

umrührte, siebte und destillierte, es blieb farblos und durchsichtig.

Ein Nachbar erzählte ihm von einem blauen See in der Nähe. Sogleich fuhr der Maler mit einer großen Flasche hin. In der Tat, wunderbar blau lag der See vor ihm. Rasch füllte er die Flasche mit der kostbaren Flüssigkeit und ruhte vor dem Rückweg noch am Ufer aus. Doch wieder überzog sich der Himmel, das Wasser des Sees entfärbte sich von Blau über Grün zu Grau und ebenso das Wasser, das er in seine Flasche gefüllt hatte. Enttäuscht leerte er es aus und zottelte nach Hause.

Während er so lief, kam ihm eine Idee: Was im Fall des Sees möglich war, musste doch auch in einem Bild gelingen. Kaum angekommen, schabte er das obere Drittel des Bildes zu einer Vertiefung aus und leerte Wasser hinein. In der Tat: Der nach verzogenen Regenwolken wieder makellos prangende Himmel spiegelte sich im Wasser: Endlich überwölbte die gemalte Landschaft ein blauer Himmel! Aber kaum hängte er das Bild an die Wand, rann das Wasser aus der Vertiefung zu Boden.

Aufhängen konnte er den blauen Himmel nicht. Er musste horizontal malen. Da kam ihm eine neuerliche Idee. Was die Natur mit dem See konnte, konnte er auch. Mit einem Zaun aus Holzlatten steckte er ein großes Rechteck ab. Darin grub er kleine Täler und schüttete kleine Hügel auf. Er pflanzte Blumen und Büsche und Bäume. Er legte einen Teich an, dessen Wasser vom Zaun begrenzt wurde und den Himmel blau spiegelte. Zum Schluss vergoldete er die Latten des Zauns, wie er es mit dem Rahmen eines Bildes getan hätte – und fertig war das Gemälde, das ein Garten war!

Ob diese neue, von Isonius begründete Kunst „Gartenmalerei" genannt werden sollte oder eher „Malgärtnerei", darüber wurde trefflich und lange gestritten. Fraglos ist aber ihr Ergebnis, unser schöner Isoniuspark, einen Besuch wert – bei schönem Wetter!

Der müde Pflanzentänzer

Als der Tänzer noch kein Tänzer war, tanzte er aus lauter Lebensfreude. Unermüdlich schlugen seine Füße auf den Boden, pflügten die Erde, wirbelten die Krume auf – und siehe! Wo er hintrat, spross es aus dem Boden. Es wuchsen kleine Pflanzen und große, farbig blühende und blütenlose, fleischige und zarte. Keine Pflanze war gleich wie die andere, weil jeder Schritt und jeder Tritt des Tänzers anders war, neu, ein erfüllter Augenblick.
Sobald er aber Hunger hatte, aß er von den Früchten, die manche Pflanzen trugen.

Der Tänzer begann zu ermüden: erst nur ein bisschen in den Füßen und Beinen. Unwillkürlich tanzte er hin und wieder dieselben Schritte, wie ein Echo auf schon Getanztes. Seine Bewegungen begannen Muster zu bilden, was weniger Aufmerksamkeit erforderte. Die Pflanzen sprossen einförmiger unter seinen Füßen.
Er sah: Manche der sich wiederholenden Pflanzen trugen keine Früchte. Da bemühte er sich, diejenigen Schritte zu tanzen, die fruchttragende Pflanzen sprießen ließen.

Als der Tänzer so müde wurde, dass er nur noch wenig tanzen mochte und immer weniger Pflanzen wuchsen, überlegte er sich einen Ausweg. Er nahm je eine lange Stange in seine Härde und stocherte damit überall dort, wo er mit seinen müden Füßen nicht mehr hinlangte, im

Boden. Er hielt die Stangen weit von seinem Körper ab und erreichte selbst Stellen, an die er früher, als er noch frisch gewesen war, nicht hingereicht hätte. Nun gediehen überall ähnliche Pflanzen, dem gleichförmigen Schlagen der Stangen auf den Boden entsprechend.
Ohne die Stangen wären weite Flächen verödet. So aber reifte Frucht im Übermaß.

Schließlich wurde der Tänzer zu müde, um seine Beine und Füße noch zu bewegen. Er setzte sich hin. Auch die Stangen waren ihm nun zu schwer. Dafür baute er eine Maschine, die für ihn über das Land tanzen sollte, ein spinnenbeiniges, sich fortbewegendes Gerüst. Er drückte den Knopf, die Maschine setzte sich klappernd in Bewegung. Jeder ihrer zahllosen Füße schlug unermüdlich auf den Boden, und Pflanzen schossen empor, ganze Felder, ganze Ländereien derselben fette Frucht tragenden Pflanze. Derweil schlummerte der Tänzer friedlich und erholte sich von den Strapazen.
Nach dem Schlaf fühlte sich der Tänzer wieder frisch und munter. Er wollte wieder tanzen, so spontan wie am Anfang. Aber überall hatte die Maschine schon getanzt und tanzte immer weiter und ließ ihm keinen freien Fleck mehr.

Im Schatten des Ölbaums

Der Ölbaum gibt ihnen Frucht und Fülle, sein Geäst spendet Schatten und Muße. Wo der Baum steht und wächst, sprosst und fruchtet, ist das Reich ihres Lebens; hier ruhen sie, hier essen sie, hier freuen sie sich und danken sie.

Die Mutter dankt dem Baum: „Im Schatten deiner Blätter fehlt es uns an nichts; gelobt sei die Sonne, die ihn gebiert!"

Der Vater dankt der Sonne: „Dein Licht gibt dem Baum die Kraft zum Wachsen und Gedeihen; gelobt sei sein Schatten, der uns vor deinem Feuer schützt!"

Sie hegen den Baum, der ihnen Schatten spendet, die Sonne, die ihnen das Licht sendet, und die Erde, auf die der Schatten fällt. Sie verzieren den Rand des Schattens mit bunten kleinen Steinen, ritzen mit Zweigen Zeichnungen in den sonnenbeschienen Staub, tanzen den Gang der Sonne und den Zug des Schattens und besingen das Reifen der Früchte.

Aus der dürren Weite erscheint ein Mann, fällt auf die Knie und ruft: „Oh Sonne, brenne jeden Flecken dieser Erde und tilge alle Schatten von ihm, auf dass er sich zur Reinheit des Lichtes, das du allein bist, erhebe!"

Voller Unmut sieht er die Menschen im Schatten des Ölbaums sitzen und sagt: „Unsere Ahnen lehren uns: Meidet die Schatten oder bekämpft sie, denn sie sind unrein und böse! Flieht das Dunkel, sucht das Helle! Licht und Glanz befördert, wo ihr steht und geht, Finsternis rottet aus, wo ihr sie seht!"

Schon schwingt er zornig die Axt, ihre Klinge dringt tief ins Holz. Der Ölbaum ächzt und schwankt, angstvoll kriechen die Menschen aus seinem Schatten. Endlich kracht er zu Boden; Krume, Sand und Staub wirbeln weit auf.

Der Mann hebt sein Gesicht empor: „Lass meinen Arm nicht erlahmen, solange die Kräfte der Finsternis nicht besiegt sind!"

Und seine Axt fällt die Pinie links, die Steineiche rechts, den Zitronenbaum hüben, die Dattelpalme drüben, sie schlägt und schlägt. Sie reißt die Schatten von den Menschen herab, treibt die Menschen aus den Schatten heraus.

Endlich liegen alle Bäume in seinem Umblick darnieder, sind ihre Schatten getilgt. Der Mann wirft sich dankend in den Staub: „Heil mir, dass ich als Helfer des Lichtes erwählt!"

Dann wird es Abend. Die Sonne sinkt zum Horizont, ihre Strahlen verglühen. Auf der Erde breitet sich Dämmerung, Düsternis, Dunkel aus. Der Mann springt auf: Hat er nicht alle Schatten vertrieben? Hat er nicht dem Licht zur vollkommenen Herrschaft verholfen? Noch krönt die Sonne orange die ferne Hügelkette, noch ist Zeit!

Los rennt der Mann, der Sonne nach. Durch Ebenen und über Berge rast er, damit ihm nie Nacht werde, in gewaltigen Schritten, fegt mit ausgebreiteten Armen dahin, in jeder Hand eine Axt, Büsche und Bäume am Wegesrand niedersäbelnd, eine Schneise der Schattenlosigkeit.

Und so zieht er um die ganze Erde, immer ist ihm Tag, die Reinheit des Lichtes.

Endlich hält er inne, erschöpft, die Hände in den Hüften, den Kopf im Nacken, um Atem ringend. Hoch steht die Sonne am Himmel. Dann lässt er den Oberkörper nach vorn fallen, die Hände auf die Knie gestützt, er kommt langsam wieder zu Kräften. Auf dem Boden sieht er einen Schatten. Es ist sein Schatten. Erschrocken richtet er sich auf: Es ist sein Schatten, nun länger. Er bückt sich wieder: Es ist sein Schatten, jetzt zusammengedrückt. Es ist der Schatten, den er wirft.

Aufrecht steht er da, drückt die Brust heraus, er versteckt sich nicht. Licht ist Licht, er dagegen, auch er ist Finsternis. Schon holt er aus, das Schwert in der Hand, seine Spitze gegen sich gewendet.

„Freue dich am Licht, statt den Schatten zu ächten!", ruft der Vater.

„Freue dich am Schatten, statt das Licht zu entfesseln!", ruft die Mutter.

Der Schatten ihrer Bäume beraubt, stehen die Menschen beieinander in der Sonne. Auch sie werfen Schatten, jeder den seinen. Nur einen Augenblick hält der Mann inne. Dann holt er erneut aus, sein Arm wird länger und stärker, das Schwert in seiner Hand größer und mächtiger, seine Klinge saust durch die Luft, schlägt rundum die Köpfe ab, bevor es an den Ursprung, die Mitte seiner Kraft, seiner Bewegung, seines Schwungs, seines rasenden Schattens, zurückkehrt und sie durchbohrt, und endlich wirft nichts einen Schatten mehr.

Der Welterretter

Eines Tages beschloss Alois, die Welt zu retten. Er legte die Stirn in Falten, um darüber nachzusinnen, wie dies zu bewerkstelligen wäre. Schritt für Schritt entwarf er seinen Plan. Endlich, nach langen Stunden und vielen Tassen Kaffee und süßen Fettklößchen, die er sich von seiner Frau brühen, braten und bringen ließ, war der Plan fertig. Sogleich machte er sich daran, alles Nötige in die Wege zu leiten, um ihn in die Tat umzusetzen.

„So kann ich nicht in die Hauptstadt!", schrie er und streckte seiner Frau anklagend dreckverspritzte Schuhe entgegen.

„Kannst ja barfuß gehen!", schrie seine Frau zurück. „Bin ich deine Magd? Hättest deine Schuhe selber putzen können, statt auf der faulen Haut zu liegen!"

„Merkst du denn nicht, jede Minute zählt! Putze ich jetzt noch meine Schuhe, verliere ich unaufholbare Zeit; gehe ich mit dreckigen Schuhen in die Hauptstadt, werde ich nicht anerkannt und hochgeschätzt und kann nichts bewirken!"

Er schlug sich die Hände vor das Gesicht.

„Der Weltuntergang ist nicht mehr abzuwenden! Du bist schuld daran, du allein, du Weltmörderin!"

Er rannte ins Schlafzimmer, vergrub seinen Kopf unter der Bettdecke und sprach an diesem Tag kein Wort mehr.

Am folgenden Tag war die Welt zum Glück doch noch nicht untergegangen, weil in der Zwischenzeit jemand

anders sie beherzt gerettet hatte, indem er tadellos ge-
kleidet in einer populären Fernsehsendung aufgetreten
war und vor laufenden Kameras einem Huhn den Hals
umgedreht hatte, die Menschen mit diesem „dra-
matischen Opfer" eindringlich zur Umkehr aufrufend. Die
Frau erzählte es am Morgen Alois mit glühenden Augen,
sie fand es himmlisch, wie dieser Mann die Welt gerettet
hatte. Warum er, Alois, denn nicht so ein himmlisches
Mannsbild sein und solch übermenschliche Taten vollbrin-
gen könne, verstehe sie nicht und bedaure es zutiefst.

Trockenheit

Ich drehte den Wasserhahn auf: Nichts kam. Ich versuchte es nochmals, zu und wieder auf: Kein Wasser floss; nicht einmal ein Glucksen in der Leitung. Küche nichts, Badezimmer nichts, Toilette nichts. Sehr ärgerlich, wirklich sehr ärgerlich!

Ich stürmte aus meiner Wohnung und rannte die Treppe hinunter. Das durfte nicht sein! Auch aus anderen Wohnungstüren traten Leute, stapften grimmig blickend oder laut schimpfend hinunter.

Der Hausmeister streckte beide Hände abwehrend nach vorn, als wir ihn umringten und bestürmten. Dann drehte er sich um und eilte in den Keller; wir zogen hinter ihm drein. Der Wasserhaupthahn, hier war er, ein kleines rotes Rad. Der Hausmeister ging in die Hocke, drehte am Rad, zuerst nach links, dann nach rechts, und hielt das Ohr an die Leitung. Nichts passierte, er schüttelte den Kopf, ohne sich umzuwenden. Nochmals versuchte er es, nach links, nach rechts. Der Hahn schien nicht schwer zu gehen, trotzdem kam der Hausmeister ins Schwitzen. Nun lauschte er wieder, aber nichts, er zuckte mit den Schultern. Nach einem Moment stand er mit einem Ruck auf, wandte sich zu uns um.

„Verfluchte Stadtwerke!", schimpfte er. „Denen werden wir den Marsch blasen!"

Schweren Schrittes lief er die Treppe hoch und durch den Eingang aus dem Haus. Auch aus anderen Häusern stürmten Hausmeister, die jeweiligen Hausbewohner hinter ihnen drein. Alle eilten wir zum Wasserturm, drängten uns durch die breite, hohe Tür, platzten in das muffige Büro. Der Beamte sprang von seinem Drehstuhl hoch und gestikulierte, als verscheuche er Fliegen, mit einer Miene, man wusste nicht recht, ob er lächeln oder schreien wollte. Schließlich zeigte er auf einen der Monitore.

„Und?", fragte jemand.

„Kein Wasser!" kreischte der Beamte. „Leer!"

„Was!?"

„Ich rufe den Bürgermeister!"

Eindringlich schilderte der Beamte dem Bürgermeister, dass auf den Monitoren, auf denen er das Innere des Wasserturms überwache, kein Wasser zu sehen sei.

Wenig später fuhr der Bürgermeister in seinem Amtswagen vor, eskortiert von zwei Polizeimotorrädern mit Blaulicht.

„Auf zum Stausee den Wärter verhaften, bevor er das Weite sucht!", rief der Bürgermeister, stieg wieder in seinen Wagen und fuhr voraus. Die halbe Ortschaft lief hinterher, stieg in die Hügel hinauf, das Tal entlang. Die Sonne brannte.

Der Stauseewärter saß dösend an den Stamm eines Baums gelehnt. Seine Pfeife war ihm längst ausgegangen, aus Gewohnheit hatte er sie immer noch im Mund.

„Wo ist all das Wasser geblieben?", herrschte der Bürgermeister ihn an und wies auf das ausgetrocknete Talbecken hinter der Staumauer.

Müde hob der Stauseewärter seinen Arm gen Himmel.

„Es hat nie mehr geregnet", brummte er.

Wütend stampfte der Bürgermeister auf den staubigen Boden.

„Ich werde den Verantwortlichen zur Rechenschaft ziehen!", schrie er.

Schmunzelnd hob der Stauseewärter seinen Arm erneut gen Himmel.

Der Bürgermeister war eine dynamische, tatkräftige, schnellentschlossene Führergestalt, darum war er in sein Amt gewählt worden.

„Wir müssen zum Äußersten gehen", sprach er finster, „und eine Kirche bauen! Nur dort können wir den Allerhöchsten zur Rechenschaft ziehen!"

Wenige Tage später fuhren im Ortszentrum Bagger auf, hoben eine riesige Grube aus. Aus langen Reihen von Betonmischern wurde ein Fundament gegossen. Kräne ragten in den Himmel und beförderten Baumaterialien. Da begann es zu regnen, es regnete lange, wollte nicht aufhören, und erst als der Stausee und der Wasserturm wieder voll waren und die Wasserleitungen, auch meine, alle wieder sprudelten, hörte es auf zu regnen.

Die Baugrube ist noch heute zu sehen, als fortwährende Drohung, bei weiteren Widrigkeiten die Kirche doch noch fertigzubauen.

Terrasse

Sie hatten sich auf der Terrasse im ersten Stock niedergelassen, vermutlich während wir gerade unten zu Mittag aßen. Vom Esszimmer aus, das nach hinten zum Garten liegt, hatten wir unmöglich bemerken können, wie sie vorne hinaufkletterten und ihre spärliche Habe hochbugsierten. Jedenfalls, als wir später in den ersten Stock stiegen, um ein Buch über die Kunst des frühen 18. Jahrhunderts zu behändigen, sahen wir draußen auf der Terrasse plötzlich ein dunkelhäutiges Mädchen mit Zöpfen einem Tennisball nachspringen.

Wir fanden nichts dabei, dass sie die Terrasse bewohnten. Sie war groß genug, und wir benutzten sie sowieso nie, da sie nach vorn, gegen die lärmige Straße zu, lag. Einmal, vor längerer Zeit, hatten wir allerdings ein Schwalbennest beobachtet. Vorsichtig schlugen wir jeweils die Vorhänge zurück, öffneten die Tür einen Spalt breit, um die Vögelchen nicht zu erschrecken, während wir ihnen zuschauten, wie sie ihren Geschäften nachgingen.

Es waren praktische, zupackende Leute, die nur des Abends etwas lärmig wurden. Schon zweiten Tag nach ihrer Ankunft hatten sie in den Zwischenräumen zwischen den Terracottaplatten einige Nutzpflanzen ausgesät. Solch guten Willen sieht man nicht jeden Tag, und so reichten wir ihnen gern Sandwiche und Getränke, bis die erste Ernte reif war.

Doch dann, kurz bevor wir in die Ferien fuhren, schwemmte ein Unwetter die Erde und alle Saat aus den Fugen. Ein paar Tage lang konnten wir sie noch mit dem Nötigsten versorgen, dann fuhren wir weg ins herrliche Südfrankreich. Als wir nach zweieinhalb Wochen gut erholt und mit gesunder Gesichtsfarbe zurückkehrten, waren sie ohne ein Dankeswort verschwunden.

Noch im selben Monat leitete die Landwirtschaftsbehörde ein Verfahren gegen uns ein, weil wir die Urbarmachung von ungenutztem Boden nicht angezeigt hätten.

50 Rappen

Er stand im Postamt, in der linken Hand den einzu-
schreibenden Brief, in der rechten den Zettel mit der
Nummer, den er beim Eintreten aus dem Apparat heraus-
gelassen hatte. Noch fehlten fünf Nummern, bis er dran
war.

Gerade war wieder jemand fertig; gleich würde auf der
elektronischen Anzeigetafel die Nummer um eins höher
schnellen und ein Signalton erklingen. Die Frau packte
noch etwas in ihre Tasche, ging dann langsam Richtung
Ausgang. Es war jene hübsche Schwarze, die ihn schon
öfter an der Kasse des Supermarkts bedient hatte. Hätte
sie ihn gesehen, hätte sie ihn wohl gegrüßt, aber sie nes-
telte noch an ihrer Tasche herum. Da fiel ihr eine Münze
zu Boden.

Er wandte seinen Kopf, die Münze lag gleich hinter ihr auf
dem Boden. Es war ein 50-Rappen-Stück, er sah es genau. Er tat einen kleinen Schritt in ihre Richtung, zögerte.
Oder vielleicht tat er den Schritt auch nicht und bildete
ihn sich bloß ein. Eigentlich hätte er ihn tun sollen, aber in
der linken Hand hielt er den Brief, in der rechten den
Zettel. Er schaute angestrengt auf die Nummer, dann auf
die Anzeigetafel. Er war immer noch nicht dran. Da hatte
die schwarze Kassiererin die Münze schon entdeckt, sich
flink gebückt und sie aufgehoben. Sie war noch jung.

Er schaute ihr nicht nach, sondern in eine ganz andere
Richtung. Da stand eine Dame, sie starrte ihn an. Oder

vielleicht war es auch nur ein Moment, in dem sich ihre Blicke kreuzten. Ihr Blick jedenfalls, fand er, war nicht so gleichgültig, wie er an so einem Ort unter den gegebenen Umständen hätte sein sollen. Rasch schaute er wieder weg. Ein Kavalier war er nicht gewesen, nein. Er steckte die rechte Hand mit dem Zettel in die Hosentasche, nein, mit dieser Hand wäre nichts zu machen gewesen, und in der anderen trug er ja den wichtigen Brief. Allerdings, wäre sie keine Schwarze gewesen, wäre er dann hinzugesprungen und hätte die Münze aufgehoben? Er war ein Rassist! Das war er! Er merkte, wie er unter den Achseln anfing zu schwitzen. Auch links standen mehrere Leute und warteten. Vielleicht schauten auch sie her mit vorwurfsvollem Blick. Er getraute sich nicht, einen Schritt nach vorn oder nach hinten zu tun, jede Bewegung konnte jetzt der Auslöser für eine Zurechtweisung sein. Der wichtige Brief wurde feucht, das Papier wellte sich, so umklammerte ihn seine schwitzende Hand. Mit den Fingern der anderen kramte er nervös in der Hosentasche herum.

Da erspürte er eine Münze. Er erinnerte sich: Es mussten die 50 Rappen sein, die er am Vortag zurückbekommen hatte, als er sich die Zeitung kaufte. Da hatte er auch alle Hände voll, konnte das Herausgeld nicht im Portemonnaie verstauen, sondern ließ es in die Hosentasche gleiten. Er schaute auf die Uhr, setzte eine ungeduldige Miene auf, zuckte mit den Schultern, riss die rechte Hand aus der Hosentasche, dergestalt, dass die 50-Rappen-Münze mit herausrutschte und auf den Boden kullerte. Dann stürmte er aus dem Postamt, ohne sich um die zu Boden gefallene Münze zu kümmern.

Die Hochzeitsnacht

Zu fortgeschrittener Stunde zupften die Kumpane den Bräutigam am Frackzipfel, ob er nicht die ewige Händeschüttelei und die ständig erhobenen Weingläser, all die strahlenden Onkels und Tanten und Vettern und Cousinen mit ihren glänzenden Äuglein satt habe, jetzt fange das richtige Fest an. Der Bräutigam tat, als ginge er zur Toilette. Draussen warteten die Kumpane schon grinsend, die Beifahrertür stand offen, der Motor knurrte. Und los ging's, von einer Kneipe zur nächsten, Gläser wurden gefüllt und nachgefüllt, leicht gekleidete Mädchen gesellten sich hinzu, man trank, tanzte, knutschte, wie kurz war die Weile.

Gegen neun Uhr morgens betrat der Bräutigam das noch jungfräuliche eheliche Heim. Das Brautkleid lag sorgfältig über den Stuhl gefaltet, die Braut, im Bett lag sie und schlief. Den Bräutigam dünkte das seltsam: Sie erwartete ihn nicht kerzengerade auf einem Stuhl sitzend, sie sah ihm nicht vorwurfsvoll entgegen, sie fragte nicht, wo er gewesen sei, sie keifte nicht, sie tobte nicht, sie weinte nicht. Nein, sie lag einfach da und atmete ganz ruhig. Und dies in ihrer Hochzeitsnacht! Ihm dämmerte: Sie hatte sich sonstwie getröstet. Ohne ihn! Erzürnt packte er die Nachttischlampe und schlug sie der Treulosen so lange auf den Kopf, bis sie nicht mehr atmete.

Die WC-Spülung

Am Anfang hatte der Vater es dem Kind noch ganz sachlich geklagt. Doch das Kind dachte nur, auch es störe manches am Vater, das Stechen seines Bartes, wenn er es schlafen küsste, seine langen Schritte, denen es kaum zu folgen vermochte, so vieles, dass es, begänne es je zu klagen, mit Klagen kaum fertig würde und vor lauter Klagen vielleicht so lange keine Zeit mehr zum Spielen hätte, bis es erwachsen geworden war und gar nicht mehr spielen mochte, und kaum erwachsen, müsste es ja weiterklagen, denn ganz offensichtlich, so schloss es aus dem Verhalten seines Vaters, gehörte das Klagen zum Erwachsensein, wie das Spielen zum Kindsein gehörte, und wenn es auch jetzt, als Kind, klagte, würde es sein ganzes Leben verklagen, statt Spaß zu haben. Deshalb spielte es ruhig weiter. Als es noch kleiner war, fürchtete es sich vor der gähnenden Weite der WC-Schüssel und der losbrausenden Spülung. Doch mittlerweile genoss es das Kind, auf den Knopf der Spülung zu drücken und Herr über ihr machtvolles Brausen zu sein. Geduldig wartete es, bis der Spülkasten wieder vollgerauscht war, und betätigte die Spülung erneut. Es bildete sich ein, dass die Wassermengen, die es losbrausen ließ, immer größer würden, denn so war es in der Tat, bei jedem Knopfdruck brauste das Wasser gewaltiger, länger und lauter hinunter, und es konnte nicht mehr lange dauern, bis es die größten Wasserfälle der Welt an Donnermacht übertraf und sich gar mit der Ungeheuerlichkeit des brandenden Meeres messen konnte. In die Pantoffeln des Vaters jedoch, die es früher ein seiner damals geringen Größe angemessenerer Behälter als die WC-Schüssel gedünkt hatten, welcher zudem den Vorzug hatte, über keine erschreckende Spülung zu verfügen, schüttete es nur noch Wasser, höchstens ein halbes Glas, denn überquellen durfte das Wasser nie, da wäre das Spiel zu schnell aus gewesen. Dann beobachtete es gespannt, wie die Pantoffeln an den Nähten feucht wurden, wie es langsam heraussickerte und herunterrann und Pfützchen auf dem Boden um die Pantoffeln bildete. Leider konnte es dieses Spiel nur zweimal am Tag spielen, einmal mit dem linken Pantoffel und einmal mit dem rechten, denn mit nassen Pantoffeln war es nicht mehr lustig zu spielen, erst mussten sie wieder trocknen.

Und so vergingen die Tage und die Wochen und die Monate.

Der Vater hatte am Anfang ganz sachlich geklagt, mit gesetzter Stimme hinter der Zeitung hervor oder den Fernsehton leiser stellend, dieses ständige Rauschen der WC-Spülung, diese ewig feuchten Pantoffeln möge er nicht, das ist mir sehr unangenehm, weißt du, und las, voll guter Hoffnung, weiter die Zeitung oder sah weiter die Nachrichten im Fernsehen. Allein, auch im Folgenden rauschte die Spülung die ganze Zeit und waren die Pantoffeln ständig nass. Der Vater erinnerte das Kind immer wieder an seine Mahnung. An manchen Tagen legte er sogar die Zeitung beiseite und erhob den Zeigfinger. Er bildete sich ein, dass die Wassermengen, die das Kind losbrausen ließ, immer größer würden. Seine Vorhaltungen wurden energischer, seine Stimme lauter, seine Worte schärfer. Denn so war es in der Tat, bei jedem Mal brauste das Wasser gewaltiger, länger und lauter hinunter. Er befahl, er verbot, er drohte: Aufhören, Ruhe, kein Dessert, ohne Abendessen zu Bett, Schluss jetzt, Wasser und Brot!

Und so vergingen weitere Tage und Wochen und Monate. Der Vater glaubte eisern an die Macht der Erziehung und an das Gute im Menschen. Er brauchte nicht lange zu warten, bis die WC-Spülung wieder rauschte. Er warf die Zeitung zur Seite, sprang vom Sofa auf, stürmte aus dem Wohnzimmer über den Gang, während das Fernsehen ruhig weiterlief. Auf der Toilette packte er das Kind am Nacken. Kaum war der Spülkasten vollgelaufen, drückte er den Kopf des Kindes tief in die WC-Schüssel hinein und betätigte die Spülung.

"Nicht zappeln, sondern lernen und gehorchen!", sagte er streng und betätigte die Spülung erneut. Ihn dünkte, dass die Wassermenge, die er dieses Mal losbrausen ließ, größer war, denn so war es in der Tat, mit jedem Mal, da er den Spülknopf drückte, brauste das Wasser gewaltiger, länger und lauter hinunter, und es konnte nicht mehr lange dauern, bis es die größten Wasserfälle der Welt an Donnermacht übertraf und sich gar mit der Ungeheuerlichkeit des brandenden Meeres messen konnte.

Später, bei der Polizei, bedauerte der Vater: "Das Risiko solcher Unfälle ist leider schwerlich zu umzugehen, wenn man keinerlei Abstriche an eine konsequente Erziehung zu machen gewillt ist."

Adressat

Während ich mit dem Geschenkpäckchen zur Post hastete, malte ich mir aus, wie ich an Antonios Geburtstag an seiner Junggesellenwohnung geklingelt hätte, abends. Er hätte mir die Tür geöffnet, schon im Hausmantel, in Pantoffeln, "Das ist aber eine Überraschung!", obwohl ich doch seinen Geburtstag nie vergaß. In raschem Eifer hätte er die Zeitschriften und Bücher auf dem staubigen Tischchen zusammengeschoben und auf einen Sessel gestapelt, hätte die zerdrückten Kissen auf dem Sofa zurechtgerückt, wäre, "Mal schauen, was sich finden lässt", in die Küche geeilt, die gleich neben dem Wohnzimmer lag, Klappern und Klirren, "nur Bier und Pralinen", wäre schnell mit zwei Flaschen und einer Schachtel zurückgekommen, und erst nachdem wir uns beide gesetzt und mit den Flaschen angestoßen, "Alles Gute zum Geburtstag!", hätte ich das Geschenk aus der Mappe gezogen und es ihm überreicht.

Mit großen Augen starrte er auf das Geschenkpapier, mit offenem Mund, die Lippen zu einem unhörbaren Oh gerundet. Erst nach einer Weile fuhr er mit dem Fingernagel unter die durchsichtigen Klebebänder, löste sie behutsam, eins nach dem anderen, und klappte das Papier sorgfältig auseinander. Da kam es zum Vorschein, das Geschenk! Mit Fingerspitzen fasste er es an, etwas so Kostbares, als müsste er sich zuerst an die neue, ungewohnte Berührung gewöhnen. Sein Gesicht war ernst, konzentriert, schweigend drehte er das Geschenk auf alle Seiten, und erst allmählich überzog sich sein Gesicht mit einem Ausdruck der Freude. Es war kein Jubel, kein Überschwang, sondern eine innige Freude, wie zum Zeichen, dass das Geschenk nun in seine Seele tauchte und sie erwärmte und bereicherte.

Antonio war dieses Jahr nicht hier. Sein Unternehmen hatte ihn für ein paar Monate zur Tochterfirma in die Vereinigten Staaten geschickt, damit er dort Erfahrungen sammle. Der Geburtstagsbesuch fiel ins Wasser, an seiner Freude beim Auspacken des Geschenks konnte ich nicht teilhaben. Der Gang zur Post hatte dagegen etwas Prosaisches, Minderwertiges, rein Funktionales.
Die Glastür glitt entzwei, ich trat ein, erspähte sogleich einen freien Schalter.
"USA", murmelte ich, "eingeschrieben."
Dass ich nicht dabei sein konnte, wenn er schließlich das Buch öffnete! Nicht aufs Geratewohl in der Mitte, nein, ganz am Anfang, langsam die Seiten wendend bis zum Inhaltsverzeichnis, das er länger studierte. Kapitel um Kapitel fuhr sein Zeigefinger hinunter, und fast hätte man denken können, die Szenen der einzelnen Kapitel spielten sich bereits in seinem Kopf ab, so wogte seine Miene beim Lesen der Titel.
"Die Adresse!" hörte ich eine unmelodische Frauenstimme vor mir.
"Wie?" Ich blinzelte zur bebrillten Postbeamtin hin.
"Die Adresse fehlt! Hier!" Sie deutete auf mein Paket.
"Für meinen Freund", brachte ich hervor, "ein Buch, wissen Sie, er hat Geburtstag, übermorgen..."

Die Postbeamtin sah streng hinter dem schwarzen Brillen-
gestell hervor.

"Und obwohl ihr Freund Geburtstag hat, halten Sie es
nicht für nötig, seine Adresse aufs Paket zu schreiben!
Finden Sie das in Ordnung?"

Ich kramte in meiner Jackentasche nach der Agenda mit
der Adressliste.

"Und finden Sie es in Ordnung, jemanden als ihren
Freund zu bezeichnen, obwohl Sie es versäumen, das
Geburtstagsgeschenk an ihn zu adressieren?"

"Ich schreib die Adresse schnell noch drauf", rief ich und
zog den Kugelschreiber mit dem Kettchen aus der Halte-
rung vor mir.

"So nicht!" Die Postbeamtin stieß das Paket zu mir zurück.
"Selbst wenn Sie die Adresse noch zehnmal mit vergolde-
ten Lettern draufpinseln, werden wir dieses Paket nicht
entgegennehmen! Mit sowas kommen Sie bei uns nicht
durch! Bei uns nicht!"

"Aber bitte...", versuchte ich.

"Nein!" Sie schlug das Schalterfenster zu und verschwand
in den Hintergrund.

Die Förderung der schönen Künste

An seinem Geburtstag machten viele Untertanen dem König ihre Aufwartung. Geduldig harrten sie in der sich nur langsam vorwärts schiebenden Schlange vor dem Tor des Palastes, bis sie vorgelassen wurden. Beim Eintritt verbeugten sie sich tief und begannen die Gnade des Schicksals zu loben, die ihnen ein weiteres Jahr den König gesund erhalten habe.

„Die Gaben hier links auf den Tisch", unterbrach sie der König mit einer wegwischenden Armbewegung. „Der nächste!"

Ein behandschuhter hochrangiger Diener schubste die Untertanen zur Seite und zwickte sie grob in die Rippen, damit sie ihre mit verschwitzten Fingern inbrünstig festgeklammerten Gaben auf den langen Tisch fallen liessen. Da lagen schon Aberhunderte von Gaben aller Art zu wackligen Bergen übereinander. An manchen Stellen waren gerupfte Fasanen, Eierkörbe, Weinflaschen oder Mehlsäcke sogar auf den Boden geglitten und ineinander zerborsten. Damit die Untertanen nicht darauf ausrutschten, musste der Diener sie am Arm aus dem Saal führen.

So ging es den ganzen Tag bis Mitternacht. Die Geburtstage waren ermüdende Tage für den König, und solange sie dauerten, wünschte er, sie wären schon vorbei, und wenn sie endlich vorbei waren und die Palasttüren bis zum nächsten Geburtstag wieder verschlossen wurden, war er sehr froh. Leider hatte er den schlauen

Rat seines Öffentlichkeitswalters, zwecks herrlicherer Macht- und Prachtentfaltung mehrere Geburtstage im Jahr zu feiern, nicht abweisen können, zumal ihm sein Leibarzt zugesichert hatte, dass er deswegen nicht schneller alt werde.

„Die Gaben hier links auf den Tisch", unterbrach der König – es war schon Abend - einen langlockigen Mann und gähnte. „Der nächste!"

„Ich bin aber ein schöner Künstler und möchte Ihnen meine schönen Künste darbringen", sagte der langlockige Mann und blieb vor dem König stehen.

„Auf den Tisch!", sagte der König. „Der nächste!"

„Ich habe aber meine schönen Künste hier." Der Mann tippte sich gegen die Stirn und blieb vor dem König stehen.

Da winkte der König den Diener herbei.

„Schöne Künste!", befahl er ihm und wies auf den Mann. „Der nächste!"

Der Diener nickte und führte den Mann durch eine besondere Tür hinaus. Ein anderer, untergeordneter Diener übernahm vorübergehend die Betreuung der Besucher.

Nach einigen Minuten und einigen Besuchern kam der hochrangige Diener wieder hereingeeilt, die linke Hand unter einem runden silbrigen Tablett, dessen Präsentierfläche von einer Haube mit goldenem Knauf abgedeckt war. Ehrerbietig trat er vor den König und hob mit der rechten Hand die Haube.

„Auf den Tisch", nickte der König. „Der nächste!"

Der Diener eilte beiseite und kippte das Tablett auf den Gabentisch aus. Geduldig liess er das Blut von der Platte tropfen, derweil das langlockige Haupt des schönen Künstlers über Halden von Daunenfedern, Bienenwachs,

Ziegenkäse und Feiertagsstoffen auf den Boden hinunterrollte und mit einem leichten Kratzgeräusch in einem ölgetränkten Zuckerhaufen zum Stillstand kam.

Der Pfeilmensch und
der Menschpfeil

Als einer anfing:

Der Hacksfeld, der hat sich ja aus untersten Verhältnis-
sen, an seinen Traum vom berühmten Rennfahrer geklammert;
der ist diesem Traum geradezu entgegengewachsen, ein
anderer betonte;
und heute! alle begeistert einfielen, da kannst du ihn auf
den Rennpisten der ganzen Welt! wie der über den Bildschirm! an allen vorbei! durchs Ziel! pfeilschnell!

horchte ich auf: „Pfeilschnell?"
„Ja, schnell wie ein Pfeil, ich sag's dir…"

Ich schaute weg, in die milchige Weite, vielleicht gerade
dorthin, wo so ein Pfeil mit der Geschwindigkeit von
Hacksfeld in seinem Rennauto hätte hinfliegen mögen.
Anders als bei Hacksfeld konnte ich mir allerdings nicht
vorstellen, dass der Pfeil zielstrebig seinem Ziel zustrebte.
Sein Ziel hatte er sich nicht selbst ausgesucht, er war
bloss abgeschossen worden. Wenn er das Ziel traf, musste der Aufprall recht schmerzhaft sein. Manchmal sogar
tödlich, wenn seine Spitze abbrach. Hatte sie Widerhaken,

war das Herausziehen eine Qual; mit langwierigen Infektionen musste gerechnet werden.

Eigentlich war das Treffen des Ziels eine Katastrophe!

Und der Pfeil konnte seine Bewegung nicht steuern! Er sah das Ziel vor sich, es kam rasend näher. Mit etwas Glück flog ein Vogel in der Nähe seiner Flugbahn. Er flehte ihn an: Flieg näher! Schlag mit deinen Flügeln! Bring mich vom Ziel ab! Aber selten klappte das. Meist verstand ihn der Vogel nicht, weil er zu schnell an ihm vorbeiflog. „Was?", krähte der Vogel noch hinterher, aber da hatte der Pfeil vielleicht schon getroffen und war tot.

Das Fliegen war zwar etwas Schönes: wie er mühelos, schwerelos durch die Lüfte schoss. Da hätte er sich fast allmächtig fühlen mögen. Vielleicht wäre es ja besser, er könnte vergessen, dass er gezielt worden ist: sorgfältig angelegt, langsam nach hinten gezogen, jäh losgelassen.

Dahinfliegend verfluchte er den, der ihn abgeschossen hatte.

„Wie ein Roman, sag ich dir, wie ein richtiger Roman...!"
„Was...?" frage ich.
„Na, wie er es geschafft hat!"
„Wer...?"
„Na, der Hacksfeld natürlich!"
„Ach so..."

Ich schaue wieder weg. Wenn Hacksfeld ins Ziel kommt, stirbt er nicht. Wie uninteressant.

Der Beträuger und der Bedrohrer

Der Beträuger ist jemand, der Andere mit seinen Augen betrügt. Aber anders als normale Heuchler und Betrüger täuscht er sein Gegenüber nicht mit falschen Blicken, also Blicken, die etwas verbergen oder vortäuschen, aber immer noch Blicke sind, sondern mit dem Vortäuschen eines Blicks – oder des Blickens – an sich. Wo man einen zu- oder abgewandten Blick vermutet oder zu beobachten glaubt, ist der Blick bloß aufgesetzt: Hinter diesem Blick ist nichts; niemand blickt.

Früher bedienten sich oft Blinde der Beträugerei, um ihr soziale Ausgrenzung mit sich bringendes Gebrechen zu verbergen. Es war eine Überlebensstrategie.

Heute mag ein voreiliger Verdacht auf Beträugerei noch hinter Zeitungsmeldungen stecken, in denen von Toten berichtet wird, die erst nach Wochen, ja Monaten oder gar Jahren aufgefunden werden. Wahrgenommen hatte man die Toten durchaus, vielleicht sogar Tag für Tag gesehen, aber man hielt sie, fälschlicherweise, für Beträuger und bildete sich ein, sie damit durchschaut zu haben.

Ein anderer Aspekt und die Voraussetzung allen Beträugens ist die Bereitschaft vieler Menschen, jegliches Glänzen in Anderer Augen zu einem bedeutsamen Blicken aufzupumpen, in dessen Spiegel man die Bedeutung seiner selbst erhöht wähnt.

Der Bedrohrer dagegen bedroht Andere mit seinen Ohren. Er stellt sie auf und bläst sie voll. Manche können mit ihnen wackeln. Meister ihres Fachs sind sogar in der Lage, die Luft aus den vollgepumpten Ohren derart entweichen zu lassen, dass grässliche Heulgeräusche entstehen, die den Feind erschrecken.

Früher wurden Bedrohrer in der ersten Linie der Heere eingesetzt. Viel Blutvergießen konnte vermieden werden, indem sie noch vor dem eigentlichen Kampf mit ihrer Kunst den Feind in die Flucht schlugen.

Heute sind Bedrohrer noch Zirkusattraktionen.

Wortvögel

Es sprach der Mann:

„Die Sonne steht am Himmel. Der Regen fällt von oben. Der Wind - die wehende Luft. Das Leben ist so wichtig. Ich bin es, der dies sagt."

Er sagte es mit der salbungsvollen Stimme ewiger Wahrheit, er sagte es nochmals, den Zeigfinger lehrend erhoben, wieder und wieder.

Leute umstanden ihn, klaubten sich seine Worte von Jackenaufschlägen und Hemdsärmeln, bargen ein jedes hastig in der Hosentasche. Mit vollen Hosentaschen eilten sie davon; andere rückten an ihre Stelle, den Blick dem Redenden entgegengerichtet.

Den Mann befriedigte es, dass ein jedes seiner Worte so gewissenhaft aufgehoben und aufbewahrt wurde. Er deklamierte sie nun, sang sie, von ausschwingenden Gesten begleitet. Mehr und mehr Leute drängten sich um ihn, hingen an seinen Lippen, damit ihnen kein Wort entging, hielten die Hände auf, darin seine Worte aufzufangen.

Immer erlesener wählte der Mann seine Worte:

„Unser güldener Lichtspender gleitet übers Firmament. Herniederfallende Tropfen schwängern den Boden. Ein Hauch streift uns aus dem Abendrot. Wie grün erblüht der Bäume Geäst! Das Leben ist unser höchstes Gut! Ich habe mir die Stimme zum Höchsten verliehen."

Ohne seinen Vortrag zu unterbrechen, zog er sich nun ein schmuckes blaues Heldenkleid über, setzte sich einen langkrempigen roten Hut mit weißem Federbusch auf, schlüpfte in glänzende schwarze Stiefel mit Silberschnallen. Mit einem Schwert zerschnitt er bei jeder betonten Silbe herrisch die Luft, rhythmisch schüttelte er den Schild mit dem Wappen der Sieben Weisen vom Hohen Berge den Zuhörern entgegen.

Mittlerweile war seine Rede so angeschwollen, dass der die Worte erhaschenden Hände kaum mehr genug waren. Hastig stopfte man die Worte in Mappen, Einkaufstaschen, ja Plastiktüten, und schon waren sie voll und wurden rasch weggetragen.

Man hörte ihm ja kaum zu, so schnell verschwand man wieder, fand der Mann und wurde unmutig. Und erst die Hände, die man ihm und seinen Worten entgegenstreckte: ungewaschen, mit schwieliger Haut und Dreck unter den Fingernägeln.

Er sagte nun: „Der Tisch liegt an der Badewanne."

Tisch hieß Sonne, Badewanne hieß Himmel, aber das wussten nur er und ein paar Eingeweihte.

„Die Flasche gräbt von hinten. Die Hose – die leuchtende Bürste."

Wie war es möglich, dass man weiter in Massen herströmte und seine Worte mit den Händen an sich riss, als verstünde man ihn immer noch?

„Die Scheiße ist so dunstig. Ich bin es, der dies sagt. Ich!"

Dann ließ er mit einer verächtlichen Grimasse Schild und Schwert sinken und verstummte.

Die Leute standen noch gebeugt herum, seine letzten Worte einpackend. Dann, ohne ihn eines Blickes zu würdigen, schulterten sie ihre Rucksäcke, ergriffen ihre Tüten, zogen an ihren Einkaufswagen und stapften mit ihrer Last in langen Reihen davon. Aber sie strebten nicht etwa ihren Häusern zu, nein, sie stiegen auf eine kleine Anhö-he. Er beobachtete, wie sie dort ihre Tüten, Taschen und Rucksäcke weit öffneten und mehrmals ruckweise empor-hoben, als würden sie gefangene Vögel in die Freiheit der Lüfte entlassen.

„He! Diebe! Schurken! Gebt mir meine Worte zurück!", schrie da der Redner und rannte fuchtelnd hinterher.

Die zuverlässigste Versicherung

„Manche mögen Sie gegen irgendetwas oder gleich gegen alles versichern - ich hingegen versichere Sie gegen nichts!", posaunte der Versicherungsvertreter. „Ihr Vorteil ist: keine Prämien! Bloß eine geringfügige Vermittlungs- und Bearbeitungsgebühr, weiter nichts! Und lebenslange Dauer! Ganz unbürokratisch, unterschreiben Sie bitte hier!"

Die Leute witzelten und lachten. Nur einer füllte eins der bereitliegenden Formulare aus und unterschrieb es.

„Da weiß man wenigstens, was man hat", sagte er: „Nichts. Und hat es schwarz auf weiß. Gegen dies und das kann man sich versichern – aber wer garantiert, dass man nicht fünf Minuten später von einem Auto überfahren wird? Sicherheit kann uns keiner gewährleisten, aber hiermit erkaufe ich mir Gewissheit!"

Er wedelte mit dem Doppel des unterschriebenen Formulars und begann ein neues Leben.

Geistesgegenwart

Nach durchfeierter Nacht wärmte noch ein Kaffee seine erschlafften Glieder. Den Heimweg musste er noch schaffen. Er verließ das Lokal, der Tag war fahl. Das Trottoir fühlte sich breiig an. An einer Straßenecke lag ein Teppich, vielleicht stolperte er, plötzlich lag er darauf. Und schon flog der Teppich los. An seine Ränder geklammert, jagte er durch Straßen und über Plätze und um Ecken. Doch in einer Kurve konnte er sich nicht mehr halten, fiel hinunter auf den Asphalt. Kaum hat er sich auf seine Beine gerappelt, stürzen sich schon Scheinwerfer eines Autos heran, Pneus quietschen. Im letzten Moment springt er zur Seite und erbricht sich in den Straßengraben. So ein glücklicher Reflex! Sonst hätte er womöglich noch die glänzende Kühlerhaube vollgekotzt! Danach ging es ihm besser. Der Teppich war davongeflogen, das Auto fuhr weiter, er ging nach Hause.

Eine Heldin

Als sie geboren wurde, bedauerte man, dass sie kein Knabe sei.

Da sie ein Mädchen war, wurde sie auf keine Schule geschickt.

Als sie größer wurde, weigerte sie sich, den zu heiraten, den man ihr ausgesucht hatte, welcher zwar hundertfünfzig Ziegen besaß, aber dick, dumm und derb war.

Man nannte sie eine Schlampe und wandte sich von ihr weg.

Da sie allein auf sich gestellt war, aber nichts gelernt hatte, blieb ihr als einziger Ausweg, Männern zu Willen zu sein.

Man nannte sie eine Hure und spuckte ihr nach.

Als Krieg war und Soldateska die Dörfer plündernd und vergewaltigend heimsuchte, war sie auch den Marodeuren zu Willen. Einem Blitzableiter gleich zog sie die Energie der Männer an und band sie an sich, so dass in ihrem Ort sonst keine Frauen zu Schaden kamen.

Als der Krieg zu Ende war, nannte man sie eine Heldin und behängte sie mit Medaillen.

Da ihr aber trotz allen Lobes der beneidenswerte Zustand abging, in dem sie hätte auf jegliche Nahrungsaufnahme verzichten oder die erwähnten Medaillen zu diesem Zweck verwenden können, blieb ihr nichts Anderes übrig, als wieder, um der Lebenskostenbeschaffung willen, ihrem alten Erwerb nachzugehen.

Da nannte man sie eine Verräterin und jagte sie in den Dschungel.

Ausländerinnen

Er wachte auf. Nach langer Zeit, wie ihm schien. Wo war er? Alles weiß. Krankenbett. Krankenzimmer. Er schielte zum Fenster, draußen neblig-trüb. Zwei Krankenschwestern hantierten im Zimmer und sprachen miteinander. Er konnte sie nicht verstehen, sie sprachen eine andere Sprache als er. Sie waren Ausländerinnen. Dunkle Augen, dunkles Haar. Aus dem Süden. Der Sprache nach, die er nicht identifizierte, wohl aus Albanien, Mazedonien oder Bulgarien. Oder vielleicht Türkinnen. Oder Kaukasus. Er versuchte seine Hände zu bewegen, fand sie aber nicht. „Bitte!" rief er. Sie hörten ihn nicht, ganz in ihr Tun oder in ihr lebhaftes Gespräch oder beides vertieft. Eigentlich unverschämt oder ganz unprofessionell, sich so laut zu unterhalten in Gegenwart eines Kranken. Denn krank war er, das musste er ja sein, sonst läge er nicht in diesem Krankenbett. „Können Sie nicht mal kommen?" rief er jetzt, energischer als vorher. Die beiden Krankenschwestern taten aber weiter so, als hörten sie ihn nicht. Vielleicht verstanden sie kein Deutsch, das konnte gut sein, und wollten sich keine Blöße geben. Oder sie waren gar nicht für ihn zuständig. Auch möglich. „Könnten Sie nicht mal einen Arzt holen?" rief er nun. Zuerst hantierten sie weiter, doch dann blickte eine der beiden Krankenschwestern plötzlich zu ihm her. Na also, es ging ja doch. Er versuchte zu lächeln, aber noch bevor es ihm gelang, stand die Krankenschwester schon neben ihm und drückte ihm rasch beide Augen zu. Trotzdem sah er, wie sie wieder zur anderen Krankenschwester trat, verlegen kichernd, sich die Hände an der Schürze reibend, und dann machte sie eine kurze Bemerkung zu ihrer Kollegin, die scheu, fast schuldbewusst, jedenfalls befremdet hergeschaut hatte, und beide lachten ziemlich übertrieben, wie er fand, auf und wandten sich wieder ihrer Arbeit zu. Mit ihm schienen sie weiter nicht mehr zu tun zu haben.

Schaum

Die Tasse hatte ich gleich ins warme, noch ungetrübte Abwaschwasser versenkt, damit die nach längerem Nachrichtenhören im Radio schon halb eingetrockneten Kaffeereste auf dem Grund der Tasse aufgeweicht werden. Unter den Schaumbergen des Spülmittels blieb sie verschwunden, aber ich würde gleich mit den Fingern im Wasser nach ihr tasten und sie ergreifen und wieder herausholen und gründlich mit dem Abwaschschwamm reinigen, nun, da ich das restliche Geschirr vom Tisch auf die Anrichte geräumt hatte. Ich tauchte also meine Hand ins Wasser, tastete mit den Fingern nach der Tasse – und kriegte nichts zu fassen. Offenbar hatte ich die Tasse bereits abgewaschen und in den Schrank gestellt, gedankenabwesend, wie ich war, nachdem ich in den Nachrichten gehört hatte, dass der liberale Bartoldos, trotz Unschuldsbeteuerungen bis in letzter Minute, am Vorabend von allen seinen Ämtern entbunden worden war, und wenn ich jetzt den Schrank öffnete, würde ich dort die Tasse auf ihrem Platz finden, aber wozu den Schrank öffnen und Zeit verlieren, um Selbstverständliches zu überprüfen? Ich stellte den Rest des Geschirrs ins schaumige Wasser, Teller, Untertasse, Besteck, und ergriff erneut den Abwaschschwamm. Erneut? Er war trocken, erstaunt drehte ich ihn in meiner Hand. Offenbar hatte ich in meiner Zerstreutheit – alle Nachfolgekandidaten waren Falken und setzten voll auf Konfrontation – die Tasse unabgewaschen im Schrank versorgt. Dort musste sie jetzt stehen, auf ihrem Grund immer noch Kaffee, der durch bloßes Eintauchen in Abwaschwasser sicher nicht weggegangen war. Also öffnete ich doch den Schrank. Auf ihrem Platz stand die Tasse allerdings nicht. Auch nicht auf einem falschen Platz. Im Schrank war sie nirgends. Sie musste also doch noch im Abwaschwasser unter dem Spülschaum untergetaucht sein. Ich kehrte ans Spülbecken zurück und tauchte erneut meine Hand ins schaumige Wasser. Aber da war nichts. Hatte ich nicht eben auch Teller, Untertasse und Besteck ins Wasser abtauchen lassen? Meine Finger ertasteten nichts. Entschlossen zog ich den Stöpsel heraus und beobachtete gespannt, bis nur noch Schaumberge im Spülbecken übrig waren. Mit der Hand durchpflügte ich nochmals den prickelnden Schaum, fand aber nichts. Schließlich spülte ich den Schaum weg, bis überall der Chromstahl glänzte. Keine Spur eines Tellers, einer Untertasse, des Bestecks, der Tasse. Rasch schrubbte ich mir mit einem Tuch die Hände trocken, und es erstaunte mich noch, wie schnell ich die Haut zwischen den Fingern trocken bekam. Ich sah hin – und schrie auf. Was war das?! Meine Hände!? Ganz verformt! Runde rosige Stummel, wo die Finger gesessen hatten! Schmerzen tat es nicht, nur etwas prickeln – die äußersten Hautschichten, auch schon halbwegs zu Schaum geworden! Wenn ich die Hände länger ins Wasser und in den Schaum gehalten hätte, wäre sicher die ganze Hand zu Schaum geworden! So wie offensichtlich die Tasse und das übrige Geschirr! Was nun? Sollte ich das Abwasserrohr aufschrauben und versuchen, den hinuntergespülten Schaum noch zu retten und gar an die Hand anzulegen, auf dass er sich wieder in Fleisch verwandle? Zu spät...

Ich drehte das Radio lauter, schaltete den Fernseher im Wohnzimmer ein. Das ging leichter, als ich befürchtet hatte, da die Fingerstummel sich als sehr kräftig und biegsam erwiesen. Ich wechselte die Kanäle und Stationen. Aber nirgends wurde über Ungewöhnliches berichtet, eine Vergiftung, eine Verschmutzung, eine ausgebrochene Seuche... Nur von Hopfart war die Rede, das war der Härteste von allen, und genau der hatte anscheinend die meisten Chancen, den vakanten Posten zu ergattern. Ich fand es beruhigend, dass dieses lange an die Wand gemalte Worst-Case-Szenario nun drohte Realität zu werden, denn die tiefe Sorge darum lenkte mich einen Moment von meinem Missgeschick ab.

Wieder in der Küche, las ich genauestens das Groß- und das Kleingedruckte auf der Spülmittelflasche, es war dieselbe Marke, die ich schon seit Jahren verwendete, gut abbaubar war das Plastik. Ich drehte den Wasserhahn nochmals auf, voll drehte ich ihn auf mit meiner Stummelhand, ließ das Wasser rauschen, beäugte den Strahl von nah, noch näher, er war klar und roch nach nichts. Wasserhahn wieder zu, ich musste eigentlich los, aber die Hände sahen fürchterlich aus, jetzt gerötet an den Stummeln von all den anfallenden Verrichtungen. Ich musste aber wirklich los, ich hatte ja Hosentaschen, in denen ich die Hände verbergen konnte. Doch wie sollte ich am Computer arbeiten, ohne dass es jemand sah? Handschuhe, ich zog mir Handschuhe an. Der Winter war zwar längst vorbei, aber ich konnte einen Hautausschlag anführen, das stimmte ja beinahe.

In Handschuhen trat ich aus der Haustür und auf die Straße. Die Sonne schien auf die Fassaden gegenüber, frühlingshaft die Leute, da saßen sie schon an den Tischchen auf dem Trottoir bei Kaffee und Brötchen, meist Berufsfrühstücker, die noch ein bisschen plauderten oder in der Zeitung lasen, bevor es hinein ins Büro ging. Es gab ja auch einiges zu lesen heute mit dieser Bartoldos-Sache, ich versuchte im Vorbeigehen wenigstens irgendeine Überschrift zu erhaschen. „... haben mich ver...“ konnte ich in fetten, über die ganze Seite laufenden Lettern lesen. Anfang und Ende der Überschrift waren von zwei auf jeder Seite die Zeitung senkrecht haltenden Männerhänden verdeckt. Ich versuchte die fehlenden Worte zwischen den Fingern zu entziffern – aber das ging gar nicht! Es waren gar keine Finger da! Ich war stehengeblieben. Zwei Hände, Stummel dran! Rechts Stummel, links Stummel, gerötete Haut! Ein Bruder im Missgeschick! Schon dachte ich daran, ihm herzlichst die verstümmelte Hand zu schütteln, wollte mir bereits die Handschuhe ausziehen – doch wieso trug eigentlich er keine Handschuhe? Hielt die Zeitung mit seinen Stummeln, als ob nichts wäre, für jedermann sichtbar? Ob jemand herschaute auf die Stummel, welche die Zeitung hielten? Man trank Kaffee, mampfte Brötchen, schwatzte, rauchte; da stand jemand auf und eilte davon, da setzte sich jemand an den frei gewordenen Tisch. Meinen Zeitungsleser würdigte niemand eines besonderen Blickes. Wie diskret man doch war! Eine Dame hob gerade ihre Kaffeetasse und führte sie an ihren Mund, da dünkte mich, beim Trinken schaue sie rasch und unauffällig über den Tassenrand herüber. Sie trank die Tasse leer, setzte sie ab, wischte sich den Mund mit einer Papierserviette, faltete die Serviette. Noch lauerte ich auf einen verräteri-schen Blick, aber etwas in ihrer Art, die Papierserviette zu falten, machte mich stutzig: Da lagen Bedächtigkeit und Sorgfalt, aber auch eine unvermutete Tolpatschigkeit, ja Grobschlächtigkeit in den Bewegungen ihrer Hände, als könnten diese ordentlich weder etwas greifen noch über etwas streichen... Wie sollten sie auch! Sie waren gleich verstümmelt wie die des Zeitungslesers und meine! Ich schaute von Tisch zu Tisch, auf all die Hände, die eine Kaffeetasse hielten, ein Brötchen ergriffen, eine Zigarette ansteckten, beim Sprechen gestikulierten...: Alle Hände, die ich sah, waren verstümmelt wie meine! Auch die Hän-de der Passanten, wie sie im Rhythmus der Schritte vor- und zurückwippten oder eine Tasche oder eine Mappe trugen!

Alle Hände!

Kein Wunder, dass nichts im Radio und im Fernsehen berichtet wurde!

Meine Erleichterung war riesig. Da zermarterte man sich das Hirn wegen nichts und vernachlässigte darob die wirklich wichtigen Probleme. Ob Hopfart schon bald los-schlagen würde, gesetzt, er kommt ans Ruder...? Rasch zerrte ich mir die Handschuhe von den Händen, eilte zum Kiosk und kaufte mir eine Ausgabe derselben Zeitung, die der Zeitungsleser vom Straßencafé gelesen hatte. Die Münzen aus dem Geldbeutel zu klauben fand ich aller-dings reichlich mühsam, aber auch ich würde bald Übung bekommen und mich daran gewöhnen, man gewöhnt sich ja mit der Zeit an alles.

Im Lift hinunter

Ich schließe die Wohnungstür, betrete den Lift, drücke auf Erdgeschoss. Der Lift rauscht hinunter. Zwischen dem dritten und dem zweiten Stock ereilt mich von oben ein Ruf. Unwillkürlich greife ich in die Hosentasche: Werde ich vielleicht an die zu Hause liegen gelassenen Schlüssel erinnert? Oder sol ich noch Kartoffeln, Zwiebeln oder Birnen einkaufen, die nicht auf dem Einkaufszettel stehen? Oder jemand klagt mir hinterher – habe ich ihr vielleicht keinen Abschiedskuss gegeben?

Denn ich höre immer eine weibliche Stimme, wenn ich im Lift hinunterfahre, zwischen dem dritten und dem zweiten Stock. Beim Hinauffahren hingegen höre ich sie nie.

Manchmal denke ich, es ist eine verpasste Stimme. Eine, die mich irgendwann einmal vergeblich gerufen hat. Nun ist sie eingesperrt in ihrem eigenen Echo, dazu verdammt, sich immer zu wiederholen. Die Antwort blieb aus, damals; jetzt kann sie nicht mehr gegeben werden. Und die Person, die den Ruf an mich richtete, ist längst über alle Berge; an ihre Not erinnert sie sich wohl nicht einmal mehr selbst.

Hört jeder, der hier herunterfährt, den Ruf? Vielleicht war er gar nicht an mich gerichtet, sondern an jemand ganz Anderen, der, ohne darauf zu achten, lange vor meiner Zeit seines Weges gegangen ist. Der Ruf, unerhört, ist an dem Ort, wo er ausgestoßen wurde, verzaubert geblieben.

Der Lift wird langsamer, hält, Erdgeschoss.

Gewiss wird das Geräusch – denn darum handelt es sich sicher: um ein Geräusch, das der Lift beim Hinunterfahren durch irgendeine geringfügige Reibung an einer bestimmten Stelle hervorruft – nach der nächsten Liftrevision beseitigt sein.

Ich stoße die Tür auf und trete hinaus.

LANUTTI
Eine Randfigur

Vorwort des Herausgebers

Lanutti war keine bedeutende akademische Persönlichkeit.

Dieses Fazit muss sich dem Herausgeber der vorliegenden Seiten nach monatelangen Recherchen in Universitäts- und anderen Archiven sowie zahllosen Gesprächen mit Fachkollegen, Zeitzeugen, Beteiligten und sogar Unbeteiligten aufdrängen. Denn trotz der eingehenden Forschungen ist das über Lanutti zusammengekommene Material äußerst spärlich. So fanden sich in Zeitschriften und ähnlichen Publikationen vier Aufzeichnungen wissenschaftlichen Charakters aus seiner Feder über entlegene Fachfragen. Außerdem ist seine Präsenz an verschiedenen akademischen Stätten durch eine Handvoll Anekdoten bezeugt. Beides, Schrifttum wie Anekdoten, sei auf den folgenden Seiten wiedergegeben: ersteres ungekürzt, so dass die vorliegende Dokumentation zugleich als eine Gesamtausgabe von Lanuttis Werken gelten darf; letztere leicht überarbeitet und unter Angabe der jeweiligen Quelle.

Wieso eine solche Zusammenstellung über diese doch unbedeutende Figur, mag sich der Leser fragen.

Der Herausgeber veröffentlicht diese Dokumentation in seiner Eigenschaft und im Zuge seiner Tätigkeit als Verfasser des im Entstehen begriffenen Werkes ,Die Universität Kindsheim: Geschichte und Koryphäen'. Obwohl dieses auf 3500 Seiten angelegt ist, kann sein Verfasser nicht umhin, eine sorgfältige Auswahl zu treffen, was die Menge und Qualität der darin zur Darstellung gelangenden Inhalte betrifft. Durch die Herausgabe der vorliegenden Materialien von und über Lanutti stellt der Verfasser des genannten Werkes seine unbestechliche Sorgfalt und die Stichhaltigkeit seiner Auswahlkriterien öffentlich unter Beweis. Niemand soll ihm dereinst vorhalten können, Lanutti nicht aus dem öffentlichen Gedächtnis gestrichen zu haben!

Zu Lanuttis Person sei so viel vermerkt: Sein Name deutet auf italienische Wurzeln hin. Geboren wurde er vermutlich in den 60-er Jahren des 20. Jahrhunderts. Ob er aber heute noch lebt und, wenn ja, wo und in welcher Eigenschaft und Funktion, ist weder bekannt, noch lohnt es sich, es herauszufinden. Denn genauere Einzelheiten, wären sie bekannt oder zumindest ohne größere Anstrengung zu eruieren, sind begreiflicherweise nicht von Belang, so dass dem geneigten Leser hier weitere, unnötige Zeilen erspart bleiben sollen.

September 2009
Professor Dr. Dr.h.c. Pirmin Bombenblust

Gorilla-Vektor

„Das erste Element konstituiert ein statisches, gleich-
bleibendes Bild, ein Geschehen, das seinen Rahmen des
Gewohnten nicht überschreitet, und zwar allein deshalb,
weil es das erste ist: Es bildet den Ausgangspunkt, die
Basis", dozierte der Herr Professor Schlauinger und rückte, nach einem vagen Blick über die im Vorlesungssaal
aufgereihten dunklen Köpfe der Studierenden, sein Monokel zurecht. „Dementsprechend situiert sich das zweite
Element, eben weil es das zweite ist, außerhalb des vom
ersten konfigurierten Handlungs- und Geschehensrah-
mens. Außerhalb seiner liegend, dynamisiert es das zu-
nächst auf sein Inneres beschränkte Geschehen dergestalt, dass es den Rahmen durchbricht. Handlung und
Geschehen bekommen eine Richtung, ein Ziel, eine Dynamik. Es bildet gewissermaßen einen Vektor."
Der Herr Professor machte eine kurze Pause. Die Studierenden saßen über ihre Notizen gebeugt, schrieben noch
seine letzten Sätze mit, blickten jetzt auf. Da setzte der
Herr Professor wieder ein:
„Ich möchte Ihnen dies an einem Beispiel demonstrieren.
Nehmen wir für den Rahmen unserer Vorlesung an, ein
solches zweites Element laute Gorilla."
Mit einem bedeutsamen Blick nahm der Herr Professor
sein Monokel ab, blinzelte verschmitzt und stützte die
Ellbogen auf das Pult.

„Gorilla?", fragte Lanutti von seinem Platz in einer der hinteren Reihen.

„Gorilla, jawohl! Ich wiederhole zum Mitschreiben: Go-ril-la. Gorilla! Spüren Sie die Dynamik, die sogleich in unsere Lehrveranstaltung Einzug hält?" Triumphierend blickte er in die Reihen schläfriger Gesichter, fuhr dann fort, ohne sich das Monokel wieder aufzusetzen:

„Der Gorilla gehört zur Familie der Pongidae, zu Deutsch eigentliche Menschenaffen, und lebt als solcher vornehmlich in den tropischen Wäldern Zentralafrikas. Er ernährt sich..."

„Gorilla!", rief einer.

Der Herr Professor stutzte, spähte in die Runde, ob er den frechen Schreier ausfindig mache, gewahrte aber nur unschuldige Mienen.

„Die Ernährungsgewohnheiten des Gorilla", nahm er den Faden wieder auf, „und beachten Sie, dass ich hier den Genitiv ohne Endungs-s verwende, wie ja auch..."

„Gorilla!", schrie eine weibliche Stimme.

Nach kurzer Pause fuhr der Herr Professor mit gezwungener Scherzhaftigkeit fort:

„Wie der Euro, so der Gorilla, ohne Endungs-s, obgleich ein Gorilla natürlich unbezahlbar ist, aber wie auch immer, die einem Gorilla zuträgliche Nahrung..."

„Gorilla!", schrie wieder eine.

„Gorilla!", schrie gleich noch einer.

Der Herr Professor fing sich sogleich wieder.

„Was im afrikanischen Tropenwald an Pflanzen und Früchten gedeihen mag..."

„Gorilla!", schrie es wieder, „Gorilla!" nochmals, „Gorilla!" nun von mehreren Seiten. Der Herr Professor räusperte sich, versuchte ein paar Mal, neu anzusetzen, aber „Gorilla! Gorilla! Gorilla!" übertönte nun alles. Schließlich skandierten alle im Rhythmus, „Go-ri-lla", klatschten dreimal in die Hände, wieder „Go-ri-lla", wieder Klatschen, wieder...

Da fegte der Herr Professor seine Papiere samt Monokel vom Pult, sprang von seinem Stuhl auf, trommelte sich röhrend auf die Brust, stürmte armefuchtelnd und in seltsamen Sprüngen zum Fenster, riss es auf, kletterte auf den Sims, sprang ab, klammerte sich an einen dicken Ast des nahen Kastanienbaums. Alle waren aufgesprungen, drängten sich an die Fenster. Der Herr Professor hangelte sich in äffischer Manier von Ast zu Ast, aber rasch waren seine Arme mit ihrer Kraft am Ende. Wie eine faule Frucht fiel der Herr Professor hinunter – welch ein Fall von bedauerlicher, letztlich unwissenschaftlicher Überschätzung der eigenen Kräfte!

(Erinnerungen eines Mitstudenten)

Die Wunschmaschine

„Der Mensch ist eine Wunschmaschine", pfahlte Doktor Schongen seine These in den überheizten Hörsaal. Doch bevor er das Funktionieren dieser Maschine erklären konnte, fiel er in Ohnmacht oder sonst etwas.

Lanutti, der in der ersten Reihe saß, sprang auf. Vor aller erstauntem Blick kniff er sich in die Nase, in die Finger, in beide Arme, in beide Füße, in den Hintern – vergebens! Er fand einfach den Schalter nicht, mit dem er seine Wunschmaschine einschalten konnte. Erst als er sich, unter allgemeiner Heiterkeit, am linken Ohrläppchen zog, sprang die Maschine endlich an.

„Gute Besserung!", brachte er hervor. Doch da trugen Doktor Schongen schon grinsend die Sanitäter hinaus.

(Erinnerungen eines Mitstudenten)

Schmetterlingstauglichkeit

Nach der Schmetterlingstauglichkeitsprüfung wurde Lanutti vor den Prüfungsausschuss zitiert.

„Die Unbemerktheit, mit der Sie unter den Augen nicht nur der Öffentlichkeit, sondern selbst der Fachwelt ganze Problembereiche verästelt haben, war bemerkenswert", sprach der ausschussleitende Professor Brietschi.

„Tarnverästelung vom Besten!", nickte die Expertin Dr. Lauchstein.

„Bei Ihnen schien alles pimpiletti!", rief Assistent Dr. Krovalczik.

Eine Weile hörte man nur das Krachen der Pommes-Chips, welche die Mitglieder des Prüfungsausschusses sich schmecken ließen.

„Leider ist Ihnen dann das farbspektrale Posieren gründlich missglückt", sagte Professor Brietschi. „Wie konnten Sie nur wähnen, ausgerechnet mit einer graurot gestreiften Krawatte das Aufmerksamkeitsdefizit perforieren zu können?"

„Rot ist tot und grau ist mau!", kalauerte Diplomdoktorand Berndienst und nippte an einem Glas zischenden Mineralwassers.

„Wenn wenigstens der Hyänen-Cashflow ideal gewesen wäre", fuhr Professor Brietschi fort. „Aber ein Geruch nach verflossenen Hightech-Strömungen war nicht wegzudiskutieren. So werden Sie nie in die Liga der Topsuckers aufsteigen!"

Einige Sekunden lang war nur das Kratzen von Vize-Rektoratsvertreter Professor Dr. Fieberleins Kugelschreiber auf dem Rand einer Zeitung zu vernehmen.

„Möchten Sie noch etwas hinzufügen?" fragte Professor Brietschi.

Doch Professor Fieberlein erachtete sich nicht als angesprochen und kritzelte versonnen weiter auf den Rand seiner Zeitung. Also sprach Professor Brietschi abschließend, mit ernstem Blick in seine Unterlagen:

„Wir befinden deshalb einmütig, dass die von Ihnen unter Beweis gestellten Fähigkeiten nicht ausreichen, um den Aufgaben eines Schmetterlings gerecht zu werden. Wir empfehlen Ihnen stattdessen das Raupenzertifikat. Spezialisten in Umständefraß, Konditionierungsblühen, Obstbegreifen und Faktorenernte sind immer gesucht. Da würde Ihnen gewiss eine vielversprechende, gefräßige Laufbahn offenstehen."

(Prüfungsausschusssitzungsprotokoll)

Ernährungsgewohnheiten
von Bienenköniginnen

Seit langem kursieren diverse hartnäckige, in der Wissenschaft aber nicht unumstrittene Berichte, nach denen
Bienenköniginnen sich von zartester Jugend auf von Kamillentee ernährten. Kamillentee kommt allerdings in rei-
ner Form nirgends in der Natur vor, wie schon vor Jahren
Untersuchungen der Universitäten Michigan (T. Happish
1971) und Oslo (A. Schucki 1975) ergeben haben.
Weder G. Babim (Universität Warschau, 1982), der die
zunehmende Aggressivität gewisser Kamillenteesorten
gegen wirbellose Tiere erforscht, noch U. Drachzungski
(Universität Prag, 1989) konnten Bienenköniginnen je
dabei beobachten, wie sie sich Kamillentee brühten.
Ausgehend von diesen Forschungen, stellte der unterzeichnete Lanutti eine Experimentaltasse Kamillentee in
die Nähe einer Versuchsbienenkönigin. Diese verhielt sich
jedoch unauffällig; ob sie hin- oder wegschaute, ließ sich
nicht feststellen. Auch spätere Versuchsexemplare schienen sich nicht für die Tasse Kamillentee zu interessieren,
ebenso wenig allerdings wie die Exemplare einer Vergleichsgruppe sich für eine Tasse Kaffee in ihrer unmittel-
baren Nähe interessierten. Daraufhin hob Lanutti eine
Versuchsbienenkönigin sorgfältig mit einer Pinzette empor
und ließ sie sachte in die Tasse Kamillentee gleiten, nicht
ohne zuvor den Inhalt der Tasse auf 1 Tausendstel

Gramm gewogen zu haben. Die Bienenkönigin strampelte einige Sekunden lang im Kamillentee, dann ertrank sie. Die anschließenden Messungen ergaben, dass die in der Tasse vorhandene Menge Kamillentee während des Ertrinkens der Versuchsbienenkönigin nicht in einem Umfang abgenommen hatte, der auf eine zielgerichtete Nahrungsaufnahme hätte schließen lassen. Später wurde dies durch eine Analyse des Mageninhalts der verendeten Bienenkönigin bestätigt. Lanutti wiederholte das Experiment mit einer Tasse Kamillentee einer anderen Marke, aber wieder war das Ertrinken des Versuchstieres zu beklagen, ebenso wie aller Tiere der Vergleichsgruppe, denen der Kaffee nicht gut bekam.

Wie Lanutti feststellt, können mit den Mitteln und Methoden heutiger Wissenschaft die oben erwähnten Berichte und die darin enthaltenen Behauptungen weder bestätigt noch endgültig widerlegt werden. Dies zu klären bleibt künftigen Generationen überlassen.

(aus: *Simsalabumm, Aus der Wunderwelt der Insektizide, Nr. 2, 1991)*

Dunkelheit

‚Warum ist es tagsüber so dunkel?' lautete das Thema einer dringlichen Tagung, zu der die hellsten Köpfe des Landes im vollbesetzten Auditorium zusammenkamen.

Weil die Bevölkerungspyramide nach oben immer breiter wird und immer mehr alte Menschen zum Zeitvertreib Tauben, Enten und Möwen füttern, weshalb immer mehr Vögel umherfliegen und den Himmel verdüstern, war die vieldiskutierte These von Professor Schrink.

Weil die Weltlage immer schwieriger wird und die Menschen immer mehr ins Nachdenken kommen, im Zuge dessen sie die Stirn in Falten legen, wobei gewisse Hautwülste entstehen können, welche die Augen überdecken, oder überhaupt die Augen zum besseren Nachdenken schließen, wodurch die Lichtwellen die Netzhaut nicht mehr erreichen, stellte Frau Doktor Happen zur lebhaften Debatte.

Tagsüber sind auch Blinde wirklich blind, warf Professor Zucki ein, obwohl dies die Diskussion nicht wirklich weiterbrachte.

Die Leute rauchen zu viel, weshalb sich dunkle Wolken über ihren Köpfen bilden, insbesondere über denen von glatzköpfigen Pfeifenrauchern, bei welchen keine Haare den Rauch filtern, bevor er aufsteigt, dozierte Professor Flauzbach, worauf Frau Professor Jasägi ihre anzündbereite Zigarette rasch in die Packung zurücksteckte und diese wieder in ihre Handtasche stopfte.

„Zuallererst müssen wir Lanutti aus dem Weg räumen", sprach Professor Gattig mit bedeutsamem Blick, „weil er just vor dem Lichtschalter steht und man das Licht nicht einschalten kann. Darum ist es hier so dunkel."

Strenge Blicke bohrten sich plötzlich in Lanutti, der bis dahin schläfrig neben der Tür an die Wand gelehnt die Debatte verfolgt hatte. Rasch rückte er etwas beiseite, um den Lichtschalter freizugeben, aber da waren die Anwesenden bereits aufgesprungen und stürmten mit erhobenen Fäusten auf ihn zu. Gerade gelang es Lanutti noch, durch die Tür zu entwischen und sie hinter sich zuzuschlagen, wodurch er einen gewissen Vorsprung gewann. In den verwinkelten Gängen der Fakultät verloren ihn seine Verfolger bald aus den Augen.

So kehrten sie nach einer Weile mit leeren Händen wieder in das Auditorium zurück, in dem nun das Licht brannte – wahrscheinlich von einem ahnungslosen Pedell eingeschaltet. Die Veranstaltungsteilnehmer fassten es jedoch als Bestätigung dessen auf, dass Lanutti aus dem Weg geräumt war und nie mehr den Lichtschalter versperren würde. Zur Feier der wiedergewonnenen Herrschaft über den Lichtschalter und das Licht und die Beseitigung aller Dunkelheitsprobleme zumindest im wissenschaftlichen Bereich ging man zum gemütlichen Teil der Veranstaltung über und feierte noch bis in die Abendstunden, als es draußen dunkel wurde.

(Mitschrift einer Tagungsteilnehmerin)

Das Allzweckmedikament

Zur offiziellen Präsentation des neuen mit Vorschuss-lorbeeren überhäuften, vereinzelt gar als „Jahrhundert-heilmittel" angekündigten Allzweckmedikaments Xundibus füllten medizinische Koryphäen von nah und fern, Vertre-ter der maßgeblichen Behörden im Umkreis von 1000 Kilometern, Wirtschaftskapitäne aus allen verwandten und weniger verwandten Branchen, Stars und Starlets aus der weiten Welt der Kultur, Journalisten und Reporter aus 130 Ländern sowie Dutzende Kamerateams mit ihrem schwe-ren Gerät die große Messehalle.

„Es ist genial einfach", dröhnte Professor Doktor Ulkus Schindeweich, der zwanzig Jahre seines Lebens in die Entwicklung des Medikaments gesteckt hatte, vom Podi-um herunter. Sein Bild war riesig auf dem Großbildschirm zu sehen.

„Ich möchte Ihnen Frau Schwupps vorstellen", dröhnte er weiter. Die Kamera schwenkte hinüber zu einer bleichen, zusammengesunkenen älteren Dame, die nur von einem Stuhl daran gehindert wurde, von demselben herunterzu-fallen.

Professor Schindeweich beugte sich zu ihr hinab.

„Danke, dass Sie sich für diesen Versuch zur Verfügung gestellt haben! Was fehlt uns denn, Frau Schwupps?"

„Die Beine, die Verdauung, der Atem, Schwindelanfälle, keinen Appetit", murmelte Frau Schwupps und ließ den Kopf wieder sinken.

„Das werden wir heute ganz bestimmt zum Besseren wenden können", dröhnte Professor Schindeweich ins Publikum, welches kurz applaudierte. Wieder Frau Schwupps zugewandt, fuhr er fort:

„In diesem Glas Wasser", er zeigte Frau Schwupps ein Glas mit Wasser und hob es dann ins Scheinwerferlicht, „löse ich nun eine Brausetablette unseres revolutionären neuen Medikaments Xundibus auf."

Er ließ theatralisch eine Tablette in das Glas fallen, das Wasser zischte und sprühte auf.

„Aber damit dies ein richtiger Blindversuch ist, werde ich Ihnen unsere neue Medizin in Gegenwart eines völlig ahnungslosen jungen Studenten oder Wissenschaftlers verabreichen, den wir vor etwa einer Viertelstunde wahllos vom Universitätscampus gekidnappt haben. Dieser x-beliebige Student oder Wissenschaftler, ein Herr" – da musste Professor Schindeweich auf den Zettel schauen, der ihm hastig herübergereicht worden war – „Lanutti, ist völlig ahnungslos: Er weiß nicht, wo er ist, was vor sich geht und was hier bezweckt wird. Die Augen sind ihm verbunden, und damit ihm auch nichts Verräterisches ans Ohr dringt, bitte ich Sie alle, während des Versuchs peinlichstes Schweigen zu bewahren."

Professor Schindeweich blickte eindringlich vom riesigen Bildschirm herunter.

„Bitte!", dröhnte er mit ausladender Geste. Im Hintergrund öffnete sich eine Tür, zwei ebenso langhaarige wie langbeinige Strahlemädchen führten einen Mann mit einer schwarzen Binde über den Augen herein. Sie geleiteten ihn bis in die Nähe von Frau Schwupps und zogen sich dann in den Hintergrund zurück. Professor Schindeweich gab Frau Schwupps das Glas mit dem Medikament, das sich inzwischen vollständig aufgelöst hatte. Frau Schwupps nippte daran, es schien ihr zu munden, sie nahm einen größeren Schluck, dann einen noch größeren, und schließlich leerte sie den Rest in einem Zug.

Wirkung zeigte sich sogleich: Als schüttelte ein Windstoß die Äste eines Baums, ging ein Beben und Flattern durch ihren ganzen Körper. Er spannte sich, schnürte sich zusammen – und befreite sich endlich in einem heftigen Niesen.

„Gesundheit!", rief Lanutti sogleich in die Richtung, aus der er das Niesen vernommen hatte.

„Eine Tablette Xundibus!", dröhnte Professor Schindeweich. „Eine einzige!, und schon wünscht Ihnen ein wildfremder! Mensch von ganzem Herzen! Gesundheit!, injiziert Ihnen eine Riesendosis Zuversicht! Lebensmut!, überträgt Ihnen die Bärenkräfte der Suggestion! Na, wie fühlen wir uns denn jetzt?"

Frau Schwupps saß plötzlich kerzengerade auf ihrem Stuhl, ihre Augen blinzelten verschmitzt auf der Großleinwand.

„Ich fühle mich wirklich sehr viel besser!", sagte sie. „Haben Sie heute Abend schon etwas vor, junger Mann?"

Herzliches Lachen und aufbrandender Applaus vermengten sich triumphal.

(medizinische Fachpresse)

Lanuttis Schriften 2:

Kleidophagie und ihre Eindämmung

Die Kleidophagie oder Schlüsselfresserei hat erst in jüngerer Zeit stellenweise epidemische Ausmaße angenommen. G. Cathunter (in: Klinische Schlüsselkunde, 1987) führt dies auf die stattliche Größe der früher gebräuchlichen Hausschlüssel zurück, welche das Verschlucken sehr schwierig machte und zu Verdauungsbeschwerden führen mochte. Die viel kleineren modernen Hausschlüssel hingegen sind ein Leckerbissen für jeden Kleidophagen oder Schlüsselfresser. Darum empfehlen Gesundheitsbehörden und Ärzte den Bewohnern gefährdeter Gegenden dringend, ihre Hausschlüssel an unförmige oder gar spitze Gegenstände anzulöten, damit sie nicht von den Kleidophagen verschlungen werden können. Die üblichen Anhänger mit Emblem oder Maskottchen stellten keinen hinreichenden Schutz dar, weil sie von den Schlüsseln leicht zu entfernen sind. Dagegen seien Hausschlüssel mit elektronischen Elementen und Batterie vor Kleidophagen ziemlich sicher, da sie nicht bekömmlich sind.

Bei der Kleidophagie handelt es sich um eine Erkrankung unbekannten Ursprungs, die bestimmte irreversible Veränderungen im Gehirn verursacht (Genaueres in B. Jetdog, Kleidophagische Hirnrisse, 1985). Angesteckt wird, wessen Hausschlüssel von einem Kleidophagen gefressen wird. Ab diesem Moment beginnt der Angesteckte seinerseits zwanghaft jegliche ihm zugängliche Hausschlüssel zu verschlingen und steckt so weitere Menschen an.

Ein Nebensymptom der Kleidophagie-Erkrankung – mit bedeutenden praktischen Folgen, wie zu sehen sein wird – ist der sogenannte Schwellenverschluss (vgl. E. Ruß-topf, Die Tür, Chance oder Verhängnis, 1990). Beim Schwellenverschluss handelt es sich um die psycho-somatische Unfähigkeit des mit Kleidophagie Angesteck-ten, die Schwelle seiner entschlüsselten Haustür, sei es nach drinnen oder nach draußen, zu überschreiten, selbst wenn die Tür offensteht. Der Krankheitsverlauf unter-scheidet sich deshalb stark in Abhängigkeit davon, ob der Betroffene sich zum Zeitpunkt der Ansteckung innerhalb oder außerhalb seines Hauses aufgehalten hat. Men-schen, denen der Schlüssel unterwegs (,aushäusig' im Fachjargon) weggefressen wird, nehmen eine nomadisie-rende Lebensweise an, da der Schwellenverschluss sie daran hindert, in ihr Haus zurückzukehren. Nomadisieren-de Kleidophagen machen, laut Angaben nationaler und internationaler Gesundheitsorganisationen (1993, 1994), gegen ein Drittel des weltweiten Migranten- und Flücht-lingsstroms aus. Gerade Flüchtlingsströme hinwiederum bilden einen Kleidophagie begünstigenden Nährboden, tragen Flüchtlinge doch oft sämtliche Schlüssel ihrer hin-ter sich gelassenen Häuser auf sich in der Hoffnung, eines Tages zurückzukehren; nur zu leicht fallen sie der Krank-heit zum Opfer.

Wer hingegen während des Schlüsselfraßes zu Hause (,inhäusig') war, bleibt aufgrund des Schwellenver-schlusses ,eingesperrt', bis jemand die Tür von außen öffnet – ein Nachbar, ein Angehöriger, ein Freund, ver-wundert oder besorgt, weil der Betreffende sich lange nicht mehr blicken ließ, oder gar vom Erkrankten selber unter einem meist falschen Vorwand herbeigerufen. Während in Erdgeschossen wohnhafte Kranke in der Regel durch ein Fenster entweichen können, sind Kranke in höheren Stockwerken auf solche hilfsbereiten Türöffner angewiesen. Diese sind sehr stark gefährdet, weil sich die eingeschlossenen Kranken als Erstes auf ihre Schlüssel stürzen. Angehörigen empfiehlt der Internationale Gesundheitsfonds (IGF) deshalb folgende Verhaltensregeln (1991):

„Wenn sich eine Ihnen nahestehende Person längere Zeit nicht meldet, unternehmen Sie nichts! Verständigen Sie keinesfalls die Polizei! Polizisten tragen stets Schlüsselbünde auf sich und gehören zu den am meisten von Ansteckung bedrohten Berufsgruppen! Nach einer Ansteckung werden gerade sie aufgrund ihrer Kampfausbildung zu besonders rücksichtslosen, gewalttätigen Kleidophagen! Überlassen Sie stattdessen Angesteckte in der Quarantäne ihres eigenen Zuhauses sich selbst! So können sie kein Unheil anrichten! Ganz wesentlich: Werfen Sie Personen, bei denen Verdacht oder Gewissheit einer Ansteckung besteht, nicht aus falsch verstandenem Mitleid Essenspakete durch ein offenes Wohnungsfenster hinein! Sie dürfen zu keinen neuen Kräften kommen! Nur auf diese Weise findet die von ihnen ausgehende Gefahr ein natürliches Ende!"

Die psychische Verfassung von Kleidophagen wurde erst in jüngerer Zeit (T. Kohlmeiser 1968, W. Klatschki 1971, L. Grönson 1972) erforscht. S. Dertie (1978) hat festgestellt, dass Kleidophagen über ein intaktes Moralgefühl verfügen: Sie gleichen normalen Menschen, die periodisch essen müssen, um nicht zu verhungern; auch mit Drogensüchtigen können sie entfernt verglichen werden. O. Tribunalli (1981) berichtet vom Fall einer Kleidophagin, die, vor die Wahl gestellt, den Schlüssel eines siebenjährigen Mädchens oder denjenigen seiner Mutter zu fressen, beider Schlüssel fraß mit folgender Begründung: Wenn sie den Schlüssel der einen fräße, würde diese durch die Ansteckung sogleich dazu getrieben, den Schlüssel der anderen zu fressen, und würde so an ihrer Ansteckung schuld, was ihrer beider trautes Verhältnis nachhaltig, womöglich unwiderruflich beschädigte.

Ausgehend von diesen Untersuchungen und Befunden möchte der Verfasser im Folgenden eine neue Strategie zur Bekämpfung der Kleidophagie und ihrer Ausbreitung zur Debatte stellen. Im Mittelpunkt dieser Strategie steht eine öffentliche Kampagne zur Sensibilisierung aller an Kleidophagie Erkrankten. Als Menschen mit intaktem Gewissen leiden sie auch selbst stark unter dem Schaden, den sie ihren Mitmenschen zufügen, indem sie, irreversibel erkrankt, diese durch Ansteckung ihrerseits zu lebenslänglichem Kranksein verurteilen. Hier muss die Kampagne ansetzen: an ihrem noch vorhandenen Mitgefühl und dessen Stärkung. Die Krankheit, an der Kleidophagen leiden, ist zwar unheilbar, aber jeder einzelne Kranke hat es in der Hand, den Schaden, den er anrichtet, durch geeignetes Verhalten zu verringern. Worin bestünde ein solches Verhalten? Sehr einfach: in der, wenn immer möglich, inhäusigen Ansteckung der Opfer. Wie oben gesehen, ist die Weiterverbreitung der Krankheit sehr viel leichter zu bekämpfen, wenn eine Person inhäusig angesteckt wird. Inhäusig Angesteckte sind problemlos in ihrem eigenen Heim zu isolieren und unter Quarantäne zu stellen, so dass sie niemanden anstecken und ihre Lebenskräfte nicht mehr erneuern können. Durch solche gezielt inhäusige Ansteckung würde die Weiterverbreitung der Krankheit spürbar gebremst.

Dieser einfach zu verwirklichende, vielversprechende Vorschlag zur Eindämmung der Kleidophagie-Seuche sei den zuständigen Behörden zur weiteren Erörterung vom Verfasser angelegentlichst ans Herz gelegt.

(aus: *Kindsheimer Seuchenbote, Nr. 34, 1995)*

Vaterschaft

Kaum hatte sich Dr. Ebeon Aussaht, „der aufstrebende Komet am Wissenschaftshorizont", wie ihn Professor Beugenklick in einem vielbeachteten Kommentar pries, unter reger Anteilnahme der Medien habilitiert, erhob ein gewisser Basilius Rein den Anspruch, sein – des frischgebackenen Professors – Vater zu sein. Im ersten Augenblick war der neue Professor beinahe amüsiert.

„Und das kommt Ihnen gerade jetzt in den Sinn, da ich Professor geworden bin?", fragte er.

Herr Rein, ein schnauzbärtiger Glatzkopf, zeigte ein paar vergilbte Fotos von einem Strand, schwafelte etwas von einem Urlaubsabenteuer: danach aus den Augen verloren, wie es so gehe, keine Ahnung gehabt, erst vor Kurzem wieder, das Foto in der Zeitung, diese unverkennbare Ähnlichkeit, ich bin so stolz, mein Junge! Dazu lächelte er. Der frischgekürte Professor schlug ihm die Tür vor der Nase zu.

Herr Rein ließ nicht locker, rief täglich an, sandte Dutzende E-Mails, läutete immer wieder an der Tür, rief:

„Ich bin doch dein Vater Rein!"

Als es dem seiner Antrittsvorlesung entgegenfiebernden Professor zu bunt wurde, betraute er den bekannten Rechtsanwalt Dr. Hans-Karl Los mit dem Fall und entzog sich Herrn Reins Nachstellungen auf eine Insel im Atlantik. Am Strand liegend, las er Dr. Los' Berichte über den Verlauf des Verfahrens, das dieser gegen Herrn Rein angestrengt hatte. Als Erstes hatte Dr. Los eine DNA-Analyse von Herrn Rein veranlasst, welche zweifelsfrei ergab, dass Herr Rein nicht der Vater des neuen Professors war. Allerdings beanstandete das Gericht, dass die DNA-Analyse von Frau Dr. Go Wang-Fu, einer jungen Wissenschaftlerin aus China, erstellt worden sei: Frau Dr. Go sei nämlich in einigen Lehrveranstaltungen dem damaligen Doktor und heutigen Professor als Assistentin zur Hand gegangen und einmal gar in seiner Gesellschaft in einem eleganten Pub beobachtet worden, weshalb sie als befangen einzustufen sei. Demgegenüber gelang es Dr. Los nachzuweisen, dass just an dem Tag, an dem die besagte DNA-Analyse erfolgte, Frau Dr. Go sich nicht im Labor aufgehalten hatte, sondern wegen einer Magenverstimmung zu Hause geblieben war; die Analyse wurde von einem Herrn Lanutti durchgeführt, der, kürzlich erst zugezogen, am Tag zuvor seine Praktikumsstelle angetreten hatte, weswegen ihm der vormalige bloße Doktor und nunmehrige Professor höchstens dem Namen nach bekannt sein mochte. Daraufhin führte Herr Rein noch ‚geistige Vaterschaft' an, aber dies wurde vom Gericht nicht anerkannt. Stattdessen wurde er wegen Belästigung und Stalking zu einer Geldstrafe verurteilt.

Das Geld reichte dem mittlerweile braungebrannten neuen Professor für fünf weitere Monate Ferien auf der schönen Insel. Er musste deswegen mehrere Lehrveranstaltungen absagen, was ihm aber angesichts seiner schon in naher Zukunft zu erwartenden großen Verdienste nicht verübelt wurde.

(Prozessakten)

Zeitschnecke

Um Inspiration und Material für sein karriereentscheidendes Referat auf dem Kongress mit dem Thema ‚Die Zeit – hie oder da?' zu sammeln, besuchte Professor Klurky in Begleitung seines Assistenten Lanutti die Uhrenmesse in Gattsburg. Dort sorgte eine Zeitschnecke für Aufsehen. Die Zeitschnecke, von einem gewissen Dr. Körbel gezüchtet, kroch durch eine kreisrunde durchsichtige Röhre, die auf einem Zifferblatt angebracht war. Das Zifferblatt war in mehreren Designs und Farben erhältlich, ebenso die Schnecke bzw. ihr Haus.

Professor Klurky blieb eine Weile stehen und schaute der Schnecke zu, wie sie Minute um Minute die Röhre entlangkroch.

„Das Leben ist ewig im Kreise sich drehende Mühsal", manifestierte er.

Unbeirrt kroch die Schnecke voran auf ihrer Bahn. Der Professor kontrollierte die Zeit mit seiner Armbanduhr, sie kroch genau.

„Das Leben ist bloßer Vollzug eines Räderwerks", referierte er. „Nichts kann es aufhalten in seinem einförmigen Fortschreiten."

Dann klopfte er gegen die Röhre. Die Schnecke erschrak, zog sich in ihr Haus zurück, die Uhr blieb stehen.

„Das Leben ist eine Gratwanderung", diktierte der Professor. „Ein Schicksalsschlag kann es jederzeit zum Stillstand bringen."

Aber Lanutti, der Professor Klurkys Erkenntnisse für das Referat hätte mitschreiben sollen, war in karriereschädigender Pflichtvergessenheit längst weitergeschritten.

(Beschwerdeschrift von Professor Klurky)

Eindringling

Auf der Suche nach dem seltenen Gebärmutterkraut war unsere Expedition weit ins wilde waldige Tal vorgedrungen, als plötzlich der zuvor gut ausgebaute Weg aufhörte. Vor uns ragte dichter dunkler Wald, über uns türmten sich gewaltige Felsen, irgendwoher tosten bedrohlich Wassermassen. Mit klopfenden Herzen und ratlosen, bangen Blicken sahen wir einander an. Wir fühlten uns wie in einer Falle sitzen. Doch was tat Lanutti? Der schritt einfach voran, als führe ein Weg weiter! Unbekümmert über Wasserhaushalt und Blüteperioden des dort Polster bildenden Scheidenkrauts schwadronierend, ließ er uns ohne Abschied und Orientierung zurück und verschwand im dunklen, feuchten Dickicht. Noch lange vernahmen wir seine Rede wie murmelnden Singsang eines buddhistischen Mönchs über dem stimmlosen, gleichmäßigen Rauschen des fernen Wassers. Plötzlich hallte ein gellender Schrei von allen Felswänden und Klüften wider, dann noch einer und noch einer. Wir erschraken zu Tode! Schleunigst traten wir den Rückweg an, froh, dem Schoß der Natur heil zu entkommen.

Lanutti tauchte erst einige Tage später wieder auf, an der Rezeption unseres Hotels in der Provinzhauptstadt, mitgenommen, ja zerzaust. Gruß- und kommentarlos gesellte er sich zu uns. Uns erkundigen, wie es ihm ergangen war und was er erlebt hatte – diesen Gefallen taten wir ihm nicht, nein! Nach all dem, wie er uns allein zurückgelas-

sen hatte und einfach so in die Natur, diese Hure, einge-
drungen war!

(Tagebuch einer Expeditionsteilnehmerin)

Vegetarier

Mittels eines Experiments wollten Doktor Frühbirn und sein Team herausfinden, welches das gefährlichere Tier sei und das andere zuerst auffresse, der Wolf oder der Adler. Zu diesem Zweck ließ Doktor Frühbirn je ein ausgewachsenes, gesundes Exemplar zusammen ohne Nahrung in einen großen Käfig sperren und hieß seinen Assistenten Lanutti, die Tiere zu beobachten und die Geschehnisse zu protokollieren. Einmal täglich wollte der Doktor hereinschauen, um sich nach dem Fortgang des Experiments zu erkundigen, und Lanutti etwas „Herzhaftes", wie er sich ausdrückte, zu essen mitbringen.

„Sie haben einander noch nicht gefressen", sagte Lanutti am Abend des ersten Tages.

„Das kommt schon noch", sagte der Doktor. Er machte damals gerade auf Vegetarisch und hatte Lanutti eine Plastikschachtel mit rosa Fertigsalat mitgebracht. „Wohl bekomm's!"

Nachdem der Doktor gegangen war, packte Lanutti den Fertigsalat aus. Kaum kaute er die ersten Blätter, kam der Wolf an die Gitterstäbe des Käfigs gelaufen und begann zu heulen. Auch der Adler näherte sich flügelschlagend und krähend. Sie müssen hungrig werden, wenn sie mich essen sehen, die Armen, dachte Lanutti.

Am Abend des zweiten Tages sagte Lanutti: „Sie haben einander immer noch nicht gefressen."

Wieder hatte der Doktor einen Fertigsalat, dieses Mal hellgrün, mitgebracht. Und wieder jammerten Wolf und Adler an den Gittern des Käfigs, als Lanutti zu essen begann. Eigentlich mag ich heute nicht schon wieder Salat, dachte er. In einem spontanen Einfall schob er den hungrigen Tieren die noch fast volle Salatschachtel zwischen den Gitterstäben hindurch.

Über den weiteren Verlauf der Ereignisse berichtete Lanutti Folgendes: Auf die von ihm hineingeschobene Salatschachtel hätten sich Wolf und Adler mit Heißhunger gestürzt. Aber jeder habe den köstlichen Salat für sich allein haben wollen. So seien sie einander rasch in die Quere gekommen, seien übereinander hergefallen, hätten einander erbarmungslos zerbissen und zerfleischt, hier eine Gliedmaße, da eine Innerei, dort eine Kehle, und schließlich seien sie beide stark verstümmelt verendet. Fressneid sei der Grund gewesen, ein Kampf auf Leben und Tod um den leckeren Salat – nicht Hunger, Hass oder Wut aufeinander! Dies wurde Lanutti nicht müde zu beschwören und immer wieder vor diversen Untersuchungskommissionen zu beteuern.

Es blieb den Kommissionsmitgliedern nichts Anderes übrig, als Lanuttis Erklärungen für bare Münze zu nehmen. Da daraus nicht zu bestimmen war, welches der beiden Tiere das andere zuerst totgebissen hatte und somit das gefährlichere war, wurde das Experiment als gescheitert verbucht; Subventionen in sechsstelliger Höhe waren verpulvert worden. Für die voreilige Fütterung der Versuchstiere, welche das Fiasko ausgelöst hatte, erhielt Lanutti einen scharfen Verweis und wurde, samt entsprechender Lohneinbuße, vom Hauptoberassistenten zum

Ersatzunterassistenten degradiert. Doktor Frühbirn hingegen wandte sich der Erforschung von Elefanten zu.

(Jahresbericht der biologischen Fakultät)

Ikone XY:
Stand der Diskussion

Wie anlässlich des bedauerlichen Ablebens Baltasar Hugo Häuffelmanns vor gut fünfeinhalb Jahren in den Medien berichtet, hatte der Millionär eine – die einzige – in seinem Besitz befindliche, namenlose Ikone testamentarisch der Universität Kindsheim vermacht. Die kostbare Ikone zeigt in exquisit gemalter, von Gold- und Rottönen dominierter Farbenpracht, wie ein zu Pferde sitzender, wohlgerüsteter Mann mit einer Lanze einen ihn vom Boden herauf mit giftigem Feuer anfauchenden Drachen aufspießt.

Nachdem der Universität das großzügige Vermächtnis zur Kenntnis gebracht worden war, bildete der Rektor, Professor Dr. Kuno Konuchel, einen Ausschuss aus ausgewiesenen Experten, der die Ikone sach- und fachgemäß entgegennehmen, verwalten, aufbewahren, pflegen und interessierten Kreisen zugänglich machen sollte.

Die erste Aufgabe des Ausschusses, noch vor allen Entscheidungen betreffend Raum-, Zeit-, Personal- und Kostenaufwand, bestand darin, der Ikone einen Namen zu geben, weil sonst nie ganz alle Zweifel und Unklarheiten, wovon genau die Rede war, hätten ausgeräumt und alle die Ikone betreffenden Beschlüsse jederzeit mit dem Hinweis darauf hätten angefochten werden können. Bis allerdings ein alle Experten überzeugender, dem Gegenstand gerecht werdender Name gefunden würde, beschloss der

Ausschuss in seiner ersten Sitzung einstimmig, zwecks eindeutigerer Verständigung vorderhand jeweils mit der provisorischen Bezeichnung ‚Ikone XY' auf die fragliche Ikone Bezug zu nehmen.

Wegen Terminschwierigkeiten konnte die darauffolgende Sitzung erst fünf Monate später abgehalten werden. Wie vielversprechend diese Sitzung verlief und wie nah ihre Teilnehmer schon damals einer Lösung der Namensfrage waren, zeigt folgender Ausschnitt aus dem Sitzungsprotokoll:

„Warum nennen wir die Ikone nicht einfach Baltasar, nach ihrem Stifter?", schlägt Frau Professor Perler vor.

„Zu viele A's!", moniert Dr. Kleberich. „Oder wie stellen Sie sich die Gläubigen vor, wenn sie vor der Ikone ihre Gebete singen?"

Er singt inbrünstig „Baaal-taaa-saaar".

„Klingt entsetzlich monoton, aber eine schöne Tenorstimme haben Sie!", sagt Professor Flotz, bevor auch er seine Stimme erhebt, ein klassischer Bass. Danach lässt auch Frau Diplom-Restauratorin Killo ihren engelshellen Sopran ertönen, ihr – allerdings weniger engelhafter – Busen wogt im Rhythmus ihres Gesangs.

„Sie haben eine wunderschöne Stimme!", ruft Professor Truckser begeistert. „Die Ikone soll wie Sie Monika heißen!"

„Exzellente Idee! Monika ist ein ausgesprochen wohlklingender Name", pflichtet Frau Dr. Neune bei, singt den Namen mehrmals in verschiedenen Melodien. Die Sitzungsteilnehmer applaudieren begeistert.

„Ich fühle mich sehr geehrt", sagt Frau Killo, „aber meine schöne Stimme verdanke ich allein meiner verehrten Ge-

sangslehrerin Ilona Bellinsloch, sie ruhe in Frieden. Ihr zu Ehren und zur Erinnerung schlage ich deshalb für unsere Ikone den Namen Ilona vor."

Sie singt den Namen, ihre Brüste wippen noch beeindruckender als zuvor. Jedermann ist hingerissen.

Dr. Ampfen jedoch, der einzige, der Frau Killo nicht hat singen sehen, da er sich auf der Toilette befunden hat, äußert einen Einwand:

„Ilona ist ein Frauenname, aber auf der Ikone ist eine eindeutige Männergestalt abgebildet."

Dem kann allerdings niemand widersprechen, der Zauber ist zerrissen, und nach kurzer weiterer Beratung geht die Runde ergebnislos auseinander.

An zahllosen Sitzungen wurden im Laufe der darauffolgenden Jahre weitere naheliegende, vielversprechende Vorschläge diskutiert – und allesamt verworfen:

• Gregor, der Vorname des Stammvaters der Häuffelmanns, weil dieser in seiner Jugend ein berüchtigter Wüstling gewesen war und „wegen mangelhaften Kirchgangs" sogar eine Zeitlang im Kerker gesessen hatte.

• Burkhard, der Name des Trödlers, der dem Stifter die Ikone verkauft hatte, weil sein Laden, laut mehreren Zeitzeugen, ein „Saustall" gewesen war, in dem „niemand je aufräumte oder abstaubte", am wenigsten er selber, das „Ferkel".

• Hugo, der zweite Vorname des Stifters, weil ebenso auch der Köter <sic!> von Professor Hüeschtis Nachbarn hieß, der nächtelang bellte und heulte und Professor Hüeschti um den Schlaf und fast auch den Verstand brachte.

• Linus, der Name des schönheitspreisverdächtigen Katers von Frau Dr. Dosenbein, weil Diplom-Kunstsachverständiger Lämmermann Frau Dr. Dosenbein als „t ernärrische Zicke" beschimpfte, weswegen er von der Sitzung ausgeschlossen wurde, worauf Professor Memmen sie „aufgetakeltes Katerflittchen" nannte, weswegen auch er von der Sitzung ausgeschlossen wurde, und es mehreren anderen Sitzungsteilnehmern nach weiteren Ausfälligkeiten gegen Frau Dr. Dosenbein ebenso erging, so dass am Ende das notwendige Quorum zur Fassung eines Beschlusses fehlte.

• Karl, der Vorname des Staatspräsidenten, weil Präsident Schnipsler jederzeit wieder abgewählt werden konnte und man dann alle paar Jahre wieder einen neuen Namensbeschluss fassen müsste, mit all den damit verbundenen, mittlerweile sattsam bekannten Unwägbar- und Langwierigkeiten – oder sollte die Ikone, nach den Namen aussichtsreicher Kandidaten, etwa Sascha, Kunigunde oder Herzlieb heißen?

• Kuno, der Vorname des Rektors, weil Rektor Konuchels Vorname zwar offiziell Kuno lautete, aber wenig gebräuchlich und soga- ihm selber kaum erinnerlich war, da ihn seine Frau ‚Bätschi' und seine Geliebte ‚Stachelchen' zu rufen pflegten.

• Schließlich Otto, der Name des Papageis im Vorzimmer des Rektors, weil Papagei Otto einige nicht unwesentliche Schwanzfedern fehlten: genügend, um in dieser Verfassung bei Kulturgütersubventionsentscheidungsträger Professor Flischig möglicherweise einen schlechten Eindruck zu hinterlassen, aber zu wenige, um sein Mitleid zu erregen und damit seine Kulturgütersubventionsentscheidung zum Vorteile der Ikone zu beeinflussen.

Angesichts der Tatsache, dass sich trotz hartnäckigster Bemühungen und nicht versiegender Diskussionsfreudigkeit auch nach über fünfeinhalb Jahren noch keine Lösung der Namensfrage am Horizont abzeichnet, gestattet sich der unterzeichnete Lanutti, für die fragliche Ikone den Namen Georg vorzuschlagen. Georg hieß nämlich der Hausdiener Baltasar Hugo Häuffelmanns, von ihm oft nach dem Abendessen und einem Glas Cognac auch ‚Jörgelchen' gerufen und ihm während fünfundvierzig Jahren bis zu seinem Tod treu ergeben. Gemäß eingehenden Recherchen des unterzeichneten Lanutti im Nachlass und Familienumkreis des verstorbenen Häuffelmann ist es allein Georg zu verdanken, dass die Ikone in einem derart tadellosen Zustand auf uns gekommen ist. Morgens, mittags und abends streichelte er sie mit dem Staubwedel sauber. Morgens fuhr er zudem mit trockenen Wattestäbchen die Altersritzen im Holz entlang, damit sich dort weder Unrat noch Ungeziefer ansammelte oder einnistete. Einmal in der Woche wischte er die Ikone mit einem in extramildem Seifenwasser getränkten, ausgewrungenen feuchten Lappen ab. Peinlich achtete er darauf, dass in dem Raum, in dem die Ikone hing, weder geraucht, warm gespiesen noch heiß gebadet wurde, damit keinerlei Dämpfe, Öle und Schwaden die Farboberfläche schädigten. Zuwiderhandlungen duldete er nicht einmal von seinem eigenen Herrn. Mehr als einmal habe er ihn, sogar in Gegenwart von Gästen, zum Zigarrenrauchen fast bis zur Handgreiflichwerdung aus dem Raum spediert – und die jeweiligen Gäste ebenso.

Es kann kein Zweifel bestehen: Georg war die unangefochtene Seele der Ikone gewesen!

Mit diesem Vorschlag hofft der unterzeichnete Lanutti, zu einer für alle Beteiligten nachvollziehbaren Lösung des leidigen Namensproblems, auch und gerade im Interesse der Ikone selbst, beizutragen. Für weitere Erkundigungen und Auskünfte steht er jederzeit gern zu Verfügung.

(aus: *Bulletin der Universitätsverwaltung, 1998*)

Gold und Rot

An einem frühen Montagabend gingen bei der Polizei Anrufe von mehreren Passanten ein. In der Guzzistraße sei mit einer goldenen Krawattennadel der Asphalt aufgestochen worden, meldete einer, es habe sich eine zähflüssige rote Lache gebildet. Eine Dame zeterte, eine goldene Krawattennadel würde unweigerlich in einer Lache aus roter Flüssigkeit versinken, falls nicht geschwinde eine Streife vorbeikäme und sie bürge. Ein dritter Anrufer berichtete entgeistert, vor seinen eigenen Augen habe sich gerade eine goldene Krawattennadel vollständig in einer roten Flüssigkeit aufgelöst. Ein weiterer bezeugte, in diesem Augenblick sei eine goldene Krawattennadel dabei, eine rote Lache zu absorbieren.

Für einen fünften Anruf reichte es nicht, denn mittlerweile war eine Polizeistreife am Ort des Geschehens eingetroffen. In der Tat fanden die beiden Beamten eine Lache aus zäher roter Flüssigkeit sowie eine goldene Krawattennadel vor. Sie sahen sich allerdings außerstande, die beiden Funde auseinanderzuhalten: Kaum wähnten sie sich sicher, die goldene Krawattennadel und die rote Lache korrekt voneinander unterschieden, identifiziert und benannt zu haben, verschwammen sie vor ihren bemühten Blicken wieder ineinander, bis ihre Augen tränten.

Nach kurzer Beratung forderten sie Verstärkung an und beschränkten sich in der Folge darauf, die Schaulustigen in gebührendem Abstand von dem Fundort zu halten.

Nach kurzer Zeit wurde in einem zweiten Polizeiwagen Dr. Keubitzen herangefahren, der eminente Linguist und in Fällen wie diesem von Amtes wegen in seiner Eigenschaft als Oberster Kantonaler Sachbezeichner zuständig.

Dr. Keubitzen übernahm sogleich die Ermittlungen und ließ von seinen Gehilfen die zahlreich herandrängelnden Zeugen und Wortlaien befragen. Aber wie üblich konnten diese außer unbedarftem Gerede nichts zur Klärung des Sachverhalts beitragen.

„Leider lässt sich nicht feststellen, ob die rote Lache oder die goldene Krawattennadel zuerst da war und welche von beiden zuletzt noch da sein wird, wenn die andere und zusammen mit dieser anderen dereinst auch wir selber verschwunden sein werden", sprach Dr. Keubitzen in ein hingehaltenes Mikrofon und wandte sich zum Gehen.

„Vielleicht kann uns der dort weiterhelfen", rief Lanutti, ein Gehilfe.

„Wer?"

„Der dort drüben auf dem Boden liegt." Lanutti wies mit der Hand.

„Gut, kann nichts schaden, aber dalli, ich habe nicht ewig Zeit!" Dr. Keubitzen schaute auf seine Uhr.

Lanutti trat zum bäuchlings daliegenden Mann, beugte sich zu ihm hinunter, redete auf ihn ein, schüttelte schließlich den Kopf.

„Der sagt nichts, hat ein Messer im Rücken stecken."

„Ja, sowas Ähnliches habe ich befürchtet. Pech gehabt!"

Dann fuhren die Behördenvertreter weg und die Schaulustigen zerstreuten sich.

(Polizeibericht)

Engelberg

Rektor Kotzer projektierte mitten im Campus einen hohen Engelberg, damit sich dort positive welterrettende Geistesmächte konzentrierten.

Von Professor Jammerbach, dem Ordinarius für Geisteswissenschaften, ließ er sich einige Dutzend Doktoranden empfehlen, damit sie Engel für den Engelberg sammelten.

Die Doktoranden schwärmten aus in die umliegenden Kirchen, auf Friedhöfe, Schlachtfelder und sogar in Schrebergärten und sammelten Engel in Plastiktüten.

Rektor Kotzer hatte eine weite Fläche planieren lassen und beorderte die Doktoranden mit ihren Plastiktüten voller Engel dorthin. Sie leerten sie mitten auf dem planierten Platz aus, langsam wuchs der Berg in die Höhe.

Zu langsam, befand Rektor Kotzer und rief in einer ganzseitigen Anzeige in den wichtigsten Tageszeitungen die Bevölkerung zu dringlichen Engelspenden auf. Die Sperrgutabfuhr brauchte vier Tage, bis sie alle von den Leuten am Straßenrand bereitgestellten Säcke mit Engeln eingesammelt und im Campus abgeladen hatte.

Als der Engelberg endlich hoch genug gewachsen war, lud Rektor Kotzer Würdenträger und Medien zur Einweihung.

„Hier ragt er in die Höhe, unser Engelberg, das rettende Werk!", rief er und deutete auf das weite flache Feld.

„Ich sehe keinen Berg", raunte Lanutti, seines Zeichens Sekretär des Vizeassistenten von Rektor Kotzers Pressereferenten.

„Haben Sie denn schon mal einen Engel gesehen?", zischte der Pressereferent, bevor er sich enthusiastisch den Fragen der Medienvertreter stellte.

(Lokalteil der Regionaltagespresse)

Der Reizdarm des Kolumbus

Die Erkenntnis, dass Kolumbus an einem Reizdarm litt, verdankt der Verfasser der interdisziplinären Verknüpfung linguistischer, historischer und medizinischer Forschungsdaten. Es mag dies als ein weiteres brillantes Beispiel dafür gelten, wie sich in den Wissenschaften immer mehr eine ganzheitliche Sichtweise Bahn bricht, die zu überraschenden, fruchtbaren Einsichten auf ganz verschiedenen Gebieten führt.

Wie aus dem Geburtenregister, dem Taufschein, den Einschulungs- und Studienunterlagen u.a.m. hervorgeht, hieß Kolumbus ursprünglich Pepe García. Er war ein brillanter Kopf, der, selbst als Nichtschwimmer, seine Ausbildung zum Seefahrer in Rekordzeit durchlief und mit Bestnoten abschloss (s. G. Jamones 1980 et al.). Schon zu Studienzeiten soll er allerdings zu unerklärlichen Stimmungsumschwüngen geneigt haben. So brachte er einmal, berichtet der Zeitgenosse Pedro Díaz de Cucurucho in einem unlängst von J. Chávez (1988) entdeckten Brief, im Kreise seiner Kommilitonen leutselig aus seinem Sack eine Schnapsflasche zum Vorschein, doch noch bevor er sie geöffnet hatte, „griff er sich auf einmal an den Bauch, krümmte sich und schrie grässlich auf. Dann zerschlug er die Flasche voller Wut auf einem Tisch und brüllte breitbeinig, mit dem abgebrochenen Flaschenhals fuchtelnd: ‚Tod den Mamelucken!'".

Auch später war der nachmalig als Kolumbus bekannte Pepe García immer wieder jähen Stimmungsschwankungen wie auch seltsamen, übelriechenden Unterleibsbeschwerden unterworfen und ließ seinen daraus resultierenden Verdruss an den ihm untergebenen Seeleuten und Matrosen aus, was seinem Ruf als Kapitän alles Andere als zuträglich war (vgl. O. Ponzovskij, Warum kippen Schiffe nicht um?, Schiffbau und Gleichmut in historischer Zeit, 1986).

Einem solchen Stimmungsumschwung schreibt F. Runshow (1991) auch die weltgeschichtliche Fahrt nach Amerika zu. So lief der damals bereits als Kolumbus bekannte Pepe García, gemäß verschiedenen Quellen, bestens gelaunt mit seinen drei Schiffen nach Indien aus, aber mitten im Ozean hub er zu schimpfen an, schlug mit einer Peitsche um sich, warf wutentbrannt das Ruder herum und segelte in die entgegengesetzte Richtung weiter: nach Amerika, wie sich später herausstellte. Lange rätselten die Historiker über diesen Stimmungsumschwung, schrieben ihn warmen Winden, hohem Wellengang, bösen Träumen oder verdorbenem Wein zu.

Der Verfasser wird jedoch den Nachweis führen, dass schon damals Kolumbus' alias Pepe Garcías Leiden und Symptome richtig diagnostiziert worden waren, die Diagnose jedoch aus einem Gefühl der Peinlichkeit ('delicadeza', L. Windsheef 1994), das einem wissenschaftlich denkenden Menschen wie dem Verfasser zu Recht völlig abgeht, in einem Kryptogramm chiffriert wurde.

Überliefert ist nämlich Folgendes (vgl. W. Schmatz 1983): Eines Nachts lange vor den berühmten Amerikafahrten, als Pepe García wieder einmal herumschrie und sich mit schmerzverzerrtem Gesicht den Bauch hielt, befahl ihm

103

der Schiffsarzt Ignacio María López de Azúa y Humareda barsch, sich auszuziehen. Wie er splitternackt vor ihm stand, suchte der Arzt nach verdächtigen Flecken auf seiner Haut. Konsterniert bemerkte er, dass Pepe Garcías Darmausgang braun gefärbt war und sehr streng roch. Aus dem besagten Gefühl der Peinlichkeit, und weil ihm das erst heute zur vollen Blüte gelangte wissenschaftliche Denken noch abging, wagte er es nicht, seine Diagnose unverblümt zu stellen und zu benennen. Er sagte zu Pepe García nur, dass er ein rechter "colón" sei ("¡Vaya colón que está usted hecho!").

Pepe García, nichts ahnend, fand sogleich Geschmack an dem vermeintlichen Übernamen – Colón –, der so viel schneidiger und herrschaftlicher klang als das nichtssagende Pepe García. In geradezu prophetischer Manier malte er sich aus, wie sich ihm dank des neuen Namens Türen und Tore bis in die höchsten Sphären der Macht öffnen würden. Wie ausgewechselt fühlte er sich, energiegeladen und bereit zu neuen großen Taten. Sogleich rief er die Mannschaft zusammen und gebot ihr unter Androhung von Peitschenhieben, ihn ab sofort nurmehr Colón zu rufen. Den Arzt erhob er aus Dankbarkeit in den Adelsstand eines zukünftig zu entdeckenden und zu erobernden Inselreiches.

In diesem Namen jedoch, Colón, später zu Kolumbus latinisiert, versteckte der wackere Schiffsarzt seine Diagnose. Das spanische Wort 'colon', ohne Akzent und somit auf dem ersten O betont, bedeutet nämlich Grimmdarm und ist in der medizinischen Fachsprache geläufig. Der Arzt betonte diesen medizinischen Ausdruck aber auf dem zweiten O, der ungewohnten Endsilbe also, weshalb man dort einen Akzent schreibt. Indem er statt der behäbigen

Stammbetonung die vifere, nervigere, energetischere Endbetonung verwendete, drückte er auf geniale, wenn auch sehr diskrete Weise den Befund aus, dass das betreffende Organ auffällig, gereizt, ja explosiv war.

Die in den verschiedenen zeitgenössischen Quellen beschriebenen Symptome und die als Übername getarnte Diagnose des Schiffsarztes lassen indes nur einen Schluss zu: Kolumbus litt an Reizdarm!

(aus: *Wie reizend!, Zeitschrift für Kultur, Nr. 32, 1999)*

Ecken

Nach dem Symposium gab es einen Empfang mit gekühltem Weißwein, reichlich Häppchen und diskreter Hintergrundmusik. Bald flogen Scherzworte hin und her, allenthalben platzte Lachen auf.

Einmal bemerkte die große Gastkoryphäe, soeben sei Lanutti um die Ecke gebogen und verschwunden. Einen Moment war es still, dann brachen die Umstehenden in grölendes Gelächter aus. Die Gastkoryphäe schaute verdutzt in die geröteten Gesichter.

„In unserer Stadt gibt es gar keine Ecken, müssen Sie wissen!", schnappte ein Kollege. Da musste auch die Gastkoryphäe herzhaft lachen.

(Monatsbulletin des Vizerektorats)

Dessert

Das erste Glas Rotwein war gereicht. Professor Forchtemann machte leutselig die Runde und stieß mit seinen erlauchten Gästen an. Von draußen hörte man Geballer. Eine Dame erbebte bei jedem Knall und verschüttete ihren Wein auf das lange Bein unter dem kurzen hellblauen Rock.

„Machen Sie sich keine Sorgen", sagte der Professor und legte der Dame die Hand auf die Schulter. „Das werden unsere Studenten sein, die's mit den Computerspielen wieder mal ein bisschen übertreiben. Ja, die Jugend..."

Wieder knallte es, diesmal erzitterte der Boden.

„Sorgen Sie mir mal für Ordnung da draußen!", sagte der Professor zum Chef de service.

Mädchen in Tracht gingen mit Tabletts voller gebrannter Mandeln, kandierter Kirschen, Erdbeeren, Orangenscheibchen und anderer Leckereien durch die Gästereihen.

Professor Forchtemann hatte gerade ein Zimtplätzchen ergriffen, als der Chef de service zurückkam.

„Da draußen ist keiner am Spielen", meldete er, „alle Bildschirme dunkel."

Eine erneute Detonation ließ die Fenster klirren. Fast gleichzeitig stürzte ein Student mit zerzaustem Haar in den Saal und schrie:

„Lanutti ist desertiert!"

Betretenes Schweigen. Langsam zog Professor Forchtemann seine Hand von der Schulter der Dame zurück, und fast hätte die Hand dabei den Träger des Kleides heruntergestreift.

„Liebe Freunde", sprach er in den Kreis der erlauchten Gäste, „wir leben nah der Grenze, man hört alles, was jenseits vorfällt. Aber keine Sorge, wir befinden uns diesseits, die Grenze schützt uns, wozu wäre sie sonst! Doch es kann halt mal vorkommen, dass einer die Seiten wechselt."

Er hielt einen Moment inne, nahm ein Schokoladenherzchen, rief: „Aber wir desertieren nicht – wir dessertieren!", und steckte sich das Schokoladenherzchen in den Mund.

Die Gäste lachten, neuer Rotwein wurde eingeschenkt, man erhob die Gläser.

Draußen wurde weiter geschossen.

(Personalien im Jahresbulletin der Universität)

Nachwörter

Und...? (siehe K. Loveson 2003 und 2004)
Nichts. (vgl. W. Wiczinewski 2006)
Aber... (A. Ofenblatt 2008 et al.)
Nein! (P. Bombenblust 2009)

NOVEMBERGESCHICHTEN

Im Zentrum

Der Zug hielt, die Türen öffneten sich. Die Leute strömten hinaus und zu den Rolltreppen. Werford ließ sich mittreiben. Die Rolltreppe mündete in einen breiten Gang, durch den die Reisenden zum Ausgang hasteten. Draußen fragte Werford eine Frau:

„Wo ist denn bitte das Zentrum?"

„Da, wo Sie stehen!", antwortete die Frau und eilte weiter.

Werford schaute auf den Boden, hob den einen Fuß, dann den anderen. Unter seinen Schuhen lagen bloß Straßenstaub, plattgetretene Kaugummis und Zigarettenkippen.

Schließlich lief er den Leuten nach, die vom Bahnhof wegströmten. Dort, wo die meisten Leute hingingen, musste das Zentrum sein.

Auf einem Platz, auf den besonders viele Leute zusammenströmten, blieb er stehen.

„Ist dies hier das Zentrum?", fragte er einen Mann.

„Genau", antwortete der Mann und schubste ihn weg. Beinahe wäre Werford gestürzt. Kaum hatte er sich gefangen, stieß er seinerseits den Mann zur Seite. Wutentbrannt rammte ihm der Mann eine Faust in den Bauch. Werford schlug zurück. Rasch sammelten sich Schaulustige, ihr Kreis um die Streithähne wurde größer. Endlich gelang es Werford, seinen Gegner mit einem kräftigen Tritt in die Flucht zu schlagen. Danach ließ er sich von den Umstehenden ausgiebig feiern, man hob ihn auf die Schultern und führte ihn singend im Kreis umher.

„Schon lange war unsere Stadt nicht mehr Schauplatz eines solch heroischen Sieges!", rief ein Mann.

„Jetzt kann's nur noch aufwärts gehen!", rief eine Frau.

„Sahlfelden, Sahlfelden, Sahlfelden!", klatschten Jugendliche und schwangen bunte Schals.

„Sahlfelden?", fragte Werford. „Bin ich etwa in Sahlfelden?"

„Freilich sind Sie in Sahlfelden!", rief man.

„Aber ich wollte doch nach Hinfurt!", Werford machte sich los. „Nach Hinfurt will ich doch!"

Rasch eilte er von dannen und zurück zum Bahnhof. Hoffentlich kam bald ein Zug.

Lavendel und Zypresse

Ein Jüngling kletterte auf eine Zypresse, schaute weit in die Ferne und träumte von einem Büro in einem Wolkenkratzer, in dem er das Sagen hat.

Ein Mädchen schritt durch ein Lavendelfeld, ließ sich vom Duft der Blüten erfüllen und träumte von einem Flakon, auf dem sein Name steht.

Ganz vertieft war der Jüngling in seinen Traum und kletterte immer weiter. Zuoberst griff er ins Leere und stürzte kopfvoran hinunter ins angrenzende Lavendelfeld.

Ganz vertieft war auch das Mädchen in seinen Traum und schritt immer weiter. Am Rand des Lavendelfeldes stolperte es über eine Wurzel und stürzte kopfvoran gegen den Stamm der Zypresse.

Kapitta, der in dieser Gegend einen Spaziergang machte, eilte herzu.

„Ist etwas passiert?", rief er, während sich die beiden Jugendlichen die Köpfe rieben.

„Ja, aber nicht Ihnen!", sagte das Mädchen.

„Stören Sie uns nicht bei unserem Lernprozess!", sagte der Jüngling.

Dann stoben sie davon, jedes in eine andere Richtung.

Auf dem Boden lauern bloß Gefahren, dachte das Mädchen, ich will lieber hoch hinaus, und wurde Generaldirektorin mit einem Büro in einem Wolkenkratzer und hatte das Sagen über eine halbe Million Mitarbeiter.

Je höher man steigt, desto tiefer fällt man, dachte der Jüngling, ich bleibe lieber auf dem Boden des Handwerks, und wurde Großgrundbesitzer mit vielen Lavendelfeldern und über dreißig Parfums mit seinem Namen.

Kapitta hingegen macht noch heute ab und zu in dieser Gegend einen Spaziergang.

Mann mit Mappe

Der Mann eilte mit einer Mappe die Straße entlang und graste mit seinem Blick die Schaufenster ab. Vor einem Bekleidungsgeschäft hielt er plötzlich inne, hinter der Scheibe hing ein rotes Hemd. Er nickte, sah auf seine Uhr, schaute hinauf zum Himmel, der sich dunkel überzogen hatte. Dann lief er weiter, den Blick links und rechts die Schaufenster entlang. Auf einmal überquerte er die Straße, trat vor das Schaufenster eines anderen Bekleidungsgeschäfts. Dort hing eine violette Hose. Wieder sah er auf die Uhr, seine Hand zählte jetzt die Sekunden ab. Dann, mit großer Geste, hielt er sich die Ohren zu und blickte erwartungsvoll nach oben.

Kein Donner erdröhnte.

Er ließ die Hände sinken. Dann versuchte er es nochmals: auf die Uhr schauen, Sekunden abzählen, Ohren zuhalten. Aber wieder nichts. Zögernd setzte er sich in Bewegung. Jetzt hatte er keine Eile mehr. Auch die Schaufenster interessierten ihn nicht mehr. Er trottete bis zur nächsten Straßenecke, war schon fast vorbei, da wandte er sich plötzlich um und lief ein paar Meter zurück und schüttete mit wütendem Schwung den ganzen Inhalt seiner Mappe in einen Abfallkorb. Danach verschwand er um die Ecke.

Erst da dröhnte der Donner.

Der Mann kam zurückgerannt, griff mit beiden Händen tief in den Abfallkorb, aber da hatte sich Greuthlinger schon vom Bildschirm abgewandt.

„Optimal sieht sich anders an", sagte er und blickte in die Runde.

„Den können wir von unserer Liste streichen", nickte Nurkopp.

„Der nächste", rief Jötz.

Der Bücherbarbier

Da Herrn Senfzieger viel an Anstand lag, las er keine un-
rasierten Bücher. Jedes Buch netzte er Seite um Seite mit
einem seifigen Schwamm, dann fuhr er mit dem Rasierapparat über die Zeilen.

„Vergesst nicht die Fußnoten!", pflegte er seine Lehrlinge
zu ermahnen.

So befreite er die Bücher von ungekämmten borstigen
Haaren und erigierten Penissen, herausgedrückten Brüs-
ten und überlangen Fingernägeln. Alles, was ungebührlich
vom Körper abstand, wurde wegrasiert. Auch geraucht
wurde nicht mehr; alle Zigaretten in Mund oder Hand
schnitt der Rasierapparat weg.

Herr Senfzieger rühmte sich, selbst unflätige Bemer-
kungen aus den Büchern tilgen zu können.

„Die verraten sich durch besonders druck- und schwung-
volle, meist leicht ausfransende Buchstaben", erklärte er
seinen Kunden. „Mit dem Langhaarschneider erwische ich
sie aber alle!"

Bibliothekare wie auch Privatleute, die sich die Dienste
eines professionellen Bücherbarbiers leisten konnten,
waren des Lobes voll ob der properen, gesunden Worte in
den Büchern. Sie selbst fühlten sich wöhler und wertvoller
nach solch sauberen Lektüren.

Kinder wurden in den rasierten Büchern kaum geboren.
Die wenigen, die trotz aller Gewissenhaftigkeit gezeugt
wurden, kamen zurückgeblieben oder als Missgeburten

zur Welt und starben bald wieder. Ihnen wurde kaum nachgeweint.

Dass auch in der realen Gesellschaft immer weniger Kinder geboren wurden, wertete Herr Senfzieger als Erfolg seiner und Anderer Bemühungen.

„Wir wollen in einer anständigen Gesellschaft leben, in der anständige Bücher gelesen werden", fasste Herr Senfzieger am Festakt zu seiner Verabschiedung in den wohlverdienten Ruhestand das Anliegen seiner langjährigen Arbeit zusammen.

Natürlich brachte der Geburtenrückgang auch eine Verminderung nachwachsender Leser und Bücherbarbierlehrlinge mit sich. Im Ruhestand brauchten Herrn Senfzieger die Zukunftsaussichten seiner Branche allerdings nicht mehr übermäßig zu kümmern.

Rüstig rasierte er immer noch eigenhändig jedes neu gekaufte Buch. Allerdings kaufte auch er sich immer weniger Bücher. Die wenigen nachwachsenden Schriftsteller waren so anständig aufgewachsen, dass sie nur anständige Bücher schrieben, die einer Rasur kaum bedurften. Sein Rasierapparat blieb fast sauber, wenn er über ihre Seiten fuhr. Und mit der Zeit merkte er, dass Bücher, die er kaum zu rasieren brauchte, gar nicht reizvoll waren.

Ein Kamin

Ein Kamin stieg vom Dach, ging zum Amt und beantragte Rente.

„Ich kann meine Arbeit nicht mehr ausüben", sagte es heiser, bevor es einen gewaltigen Hustenanfall bekam. Es zeigte dem Beamten das Taschentuch mit dem schwarzen Auswurf.

„Haben Sie ein ärztliches Zeugnis?", fragte der Beamte ungerührt.

„Nein", antwortete das Kamin.

„Dann lassen Sie sich eins von Ihrem Arzt ausstellen", sagte der Beamte mit einer fortscheuchenden Handbewegung.

Also ging das Kamin zum Arzt. Mit einer Klobürste stocherte der Arzt im Rachen des Kamins umher.

„Wie lange arbeiten Sie denn schon?", fragte er das Kamin.

„Seit ich auf dem Dach stehe", antwortete das Kamin. „Es ist ein altes Haus."

„Das ist lange genug", beschied der Arzt und unterschrieb ein Papier.

Mit diesem Papier hatte das Kamin kein Problem mehr, eine Rente zugesprochen zu erhalten.

Froh machte es einen Spaziergang durch die Straßen und malte sich sein neues, freies Leben aus.

Zum Beispiel könnte es wieder auf das Dach steigen, wo es jahrzehntelang gestanden hatte. Den Rauchschieber würde es aber natürlich verschließen, es war ja pensioniert! Bald würde der Rauch lustig zu den Türen und Fenstern herausquellen. Wie die Hausbewohner nach Luft schnappend und schimpfend aus dem Haus eilen würden! Nun sollten sie mal selber husten!

Aber dann würden sie sicher den Schornsteinfeger rufen, und der nahm keine Rücksicht, ob ein Kamin pensioniert war. Sofort würde er seine Putzflegel schwingen, fürchterlich unangenehm war das!

Da war es vielleicht besser, den Lebensabend ruhig und einsam an dem Aussichtspunkt zu verbringen, den es all die Zeit in der Ferne gesehen hatte. Von dort könnte es gut all die beschwerlich rauchenden Kamine auf den Häusern bedauern und sich an der reinen Landluft laben.

‚Kommt Bier, kommt Rat', dachte das Kamin und setzte sich in eine Kneipe.

„Bitte?", fragte die Servierfrau.

Bevor das Kamin etwas bestellen konnte, musste es seinen verrauchten Rachen freihusten.

„Sind Sie etwa ein Kamin?", bellte die Servierfrau. „Rauchen verboten! Raus hier! Raus!"

Sommerurlaub

Kepfer stürmte in die Hotellobby, ließ seine Reisetasche bei der Rezeption zu Boden fallen, riss sich Schuhe und Socken von den Füßen, krempelte die Hosenbeine hoch und rannte zum nahen Strand. Dort stocherte er lange im Schlick herum, wühlte mit den Händen im Sand, ließ das Meerwasser durch die Finger rinnen, trat in Fußstapfen und schritt die Spuren ab, hob Muschelschalen auf, beäugte und betastete sie, warf sie weg.

Schließlich kehrte er langsam und gesenkten Hauptes zum Hotel zurück und zog sich Socken und Schuhe wieder an.

„Von mir keine Spur", sagte er zur Rezeptionistin, bevor er seine Tasche ergriff und wieder abreiste.

Gabelung

Dass er falsch gefahren war, merkte Hautschi, als die
Straße plötzlich hinauf in einen Wald führte, statt weiter
den Fluss entlang bis zur Stadt. Hautschi wendete auf
einem Waldplatz und fuhr zurück bis zur Gabelung. Aus
dieser Richtung dünkte es ihn allerdings keine Gabelung,
sondern eine Vereinigung. Zwei Wege flossen zusammen
und führten mit doppelter Kraft weiter. Er stellte sich vor,
wie einige Kilometer voran ein weiterer Weg in die Straße
mündete, die nun eine Hauptstraße war, die immer weitere Nebenstraßen in sich aufnahm und dadurch immer
wichtiger wurde, und in der Ferne vereinigte sie sich mit
anderen Hauptstraßen zu einer breiten Autobahn, die
Hunderte Kilometer weiter in einem riesigen Parkplatz
endete, wie ein Strom im Meer.
Wie leicht war eine Fahrt, auf der alle Straßen demselben
Ziel entgegenführten! Sie kommen von irgendwoher, aus
verschiedensten Richtungen, und führen einen von alleine
ans Ziel, selbst wenn man sich das Ziel gar nicht vorstellen mag oder kann. Lag hinter dem riesigen Parkplatz ein
Stadion oder ein Einkaufszentrum oder ein Kasino? Oder
wurden dort die Leute für einen Krieg eingezogen oder
auf einem kilometerweiten Friedhof beerdigt?
Hautschi wusste es nicht und brauchte sich darüber auch
nicht den Kopf zu zerbrechen. Er war auf die falsche Straße gekommen und musste jetzt die richtige nehmen, die-

jenige, die den Fluss entlang zur Stadt führte. Wie hatte er auch nur so unaufmerksam sein können!

Er wäre gern ein Wassertropfen gewesen, dann hätte er das Problem nicht. Da gäbe es keine Gabelungen, nur Vereinigungen und Mündungen, und er wäre nicht gezwungen, sich zu entscheiden zwischen verschiedenen Möglichkeiten.

Am besten wäre sowieso, er hätte überhaupt kein Ziel. Dann könnten ihm Gabelungen egal sein. Er müsste sich zwar immer noch entscheiden – irgendwohin musste er ja weiter –, aber keine Entscheidung wäre die richtige oder eine falsche. Es wäre eine neutrale Entscheidung, eine technische Entscheidung, man kann ja nicht zwei Wege zugleich entlangfahren. Und irgendwann würde der Weg, für den er sich entschieden hat, enden. Vielleicht an einem Waldrand oder vor einer Felswand.

Das Ende einer Straße ist immer ein Friedhof, dachte er plötzlich.

Dann sah er den Fluss wieder, jetzt war er richtig, bald würde er in die Stadt kommen. Die Stadt!

Was wollte er eigentlich in der Stadt...?

Totenlichter

Also:

Es dämmerte. Kalter Wind strich durch die Straße. Menschen zogen sich Reißverschlüsse und Schals bis zum Kinn hoch, versenkten die Hände rasch wieder in Manteltaschen.

Über die Kreuzung torkelten Reifenspuren, mit weißer Kreide nachgezogen. Sie endeten an einer Mauer. Dort, rot, Totenlichter.

Wohin die Menschen gingen, die sich ihre Scheißverrüsse und Schals bis zum Kinn hochgezogen und dann ihre Hände rasch wieder in den Tantenmascheln versenkt hatten, fragte ich nicht.

Walter Kind, immer noch, in den gedämmerten, verdämpften, zerdärmten Straßen.

Nacht nun, nicht?

Wende der Gewichte, Schende der Geschichte, Schluss, aus!

Mein Großvater

Mein Großvater war ein Völkermörder und wurde gehenkt.

Auf Fotos sah man ihm aber seine Taten nicht an.

Auch mir, wenn ich in den Spiegel schaue, sieht man es nicht an, dass er. Und auf Fotos von mir, alten wie neuen, sowieso nicht.

Der Name verriet mich aber. In der Schule wurde ich gehänselt, gegängelt, drangsaliert. Später schlossen sich viele Türen, wenn ich meinen Namen nannte. Hätte ich ihn ändern sollen?

Ich konnte doch nichts für das, was mein Großvater getan hatte!

Eigentlich hätten doch die Nachkommen der Opfer alles Interesse daran haben müssen, sich als zivilisierter und großmütiger zu erweisen, als mein Großvater und seine Schergen es gewesen waren.

Stattdessen diskriminierte man mich, wo man konnte. Mir wurde nichts geschenkt. Nur weil ich an mich glaubte und mich nie aufgab, bin ich so weit gekommen und stehe heute vor Ihnen!

Menschlichkeit! Gerade ich, mit der Last meines Namens, bin aufgerufen, der Menschlichkeit unnachgiebig Nachachtung zu verschaffen.

Als der neue Polizeipräsident erlasse ich darum folgende Weisung an sämtliche Einsatzkräfte: Wer immer es an der gebotenen Menschlichkeit ermangeln lässt, ist zu verhaften und unter strengsten Bedingungen zu kasernieren! Bei Widersetzlichkeit wird von Schusswaffen Gebrauch gemacht!

Wie Sie sehen, hat diese Maßnahme nichts mit den Verbrechen meines Großvaters zu tun. Ganz im Gegenteil, sie fließt aus dem Versuch, den Menschen die Großherzigkeit beizubringen, welche gerade ich so sehr vermissen musste.

Spiegelgesicht

Herr Schwenzchen war ein höflicher, angenehmer Mensch. Nachbarn grüßte er freundlich. Damen hielt er die Tür auf. Älteren bot er seinen Sitz im Tram an. Kollegen fragte er nach Frau und Kindern. Kunden wünschte er alles Gute. Serviererinnen gab er großzügig Trinkgeld. Hunden wich er tunlichst aus. Kindern ebenfalls. Und abends zu Hause stellte er sich vor den Spiegel und sagte die wichtigen Dinge. Abends dem Spiegel sagte er alles, was er sich des Tages vom Mund absparen musste.

Während er arbeiten war, fuhrwerkte die Putzfrau in seiner Wohnung umher. Einmal knallte der Besenstiel mitten in den Spiegel, das Glas zersplitterte. Die Putzfrau kehrte die Scherben zusammen und hinterließ einen Zettel, bevor sie ging.

Diesen Abend irrte Herr Schwenzchen mit zusammengepressten Lippen in seiner Wohnung umher. Einen anderen Spiegel hatte er nicht. Er ging früh zu Bett, froh, die Augen schließen zu können.

Am nächsten Morgen grüßte er weder Frau Meckendreh noch Herrn Krotzendorsch. Er starrte in ihr Antlitz und sah Gesichter, die nicht seins waren. Jedes Mal waren es andere Gesichter, wenn er Leute ansah. In panischem Schrecken hastete er zurück nach Hause. Vielleicht war noch Zeit. Aus der Schublade, zuunterst unter den Socken, griff er die Pistole und rannte wieder auf die Straße. Die Grimassen, die Fratzen, die Masken mussten weg, bevor sie sich endgültig an die Stelle seines Gesichtes setzten. Lieber keins sehen als ein falsches, er schoss. Jemand fiel um. Schreie, er schoss wieder, Leute rannten. Er schoss und schoss, die falschen Spiegel zersprangen, wie seiner zu Hause zersprungen war, es war ganz leicht, er war auf dem richtigen Weg, weiter, er schoss weiter.

Wegbereiter

Tag für Tag bahne, planiere, asfaltiere ich Wege.

Doch was heißt Wege! Für mich sind dies keine Wege, sondern nur Meter um Meter harte Arbeit. Ich gehe auf diesen Wegen nirgendwohin, komme nirgendwoher.

Wenn ich die Menschen sehe, die auf diesen Wegen ihren Zielen zueilen, Gewissheit im Blick, Entschlossenheit in der Haltung, werde ich neidisch. Und erst die Leute, die davon schwärmen, woher sie kommen und wie schön der Weg wieder zurück sein werde!

Ich kenne keine Wege und keine Ziele und keine Ursprünge, nur Stück an Stück gerodeter, befestigter, plattgewalzter Erde und Schweiß und Müdigkeit und die Frage wozu.

Einmal ließ ich ein ganzes Stück Grund zwischen zwei Wegstrecken unerschlossen: hundert Meter Gras, Stauden, Büsche, Bäume, alles Natur, alles urwüchsig; erst danach gab es wieder Weg. Wie wenn man mit dem Radiergummi an einer Stelle quer über einen langen geraden Bleistiftstrich fährt – so. Oder noch besser: Wenn man eine stark bekrabbelte Ameisenstraße mit dem Insektenspray unterbricht – fss fss fss, und schon sind dort die Ameisen erstarrt. Beidseits der Todeszone jedoch stauen sich die Marschkolonnen, zögern, lösen sich auf, suchen nach Abwegen, Auswegen, Weiterwegen, Rückwegen...

Ich lag auf der Lauer. Von links und von rechts kommen sie heran, ich beobachtete sie mit dem Feldstecher. Eben noch frohgemut und zuversichtlich, stoßen sie plötzlich auf das Ende ihres glorreichen Weges. Einfach fertig, nur noch Wildnis! Kopfschütteln, versteinerte Mienen, weinende Kinder, händeringende Eltern, was tun!, Fingerzeige dahin, dorthin. Einzelne kehren schon um, warnen die Entgegenkommenden vor der Täuschung, dem Ende, dem Absterben des Weges.

Doch da, plötzlich, links und rechts, großer Jubel. Ich hörte die Zurufe bis hierher. Winken der einen, Winken der anderen. Und dann gibt es keine Hindernisse mehr, kein Ende des Weges, keine Wand aus wilder garstiger Natur: Sie trampeln das Gras nieder, drücken Büsche zur Seite, knacken Äste ab, von links und von rechts einander entgegen, und in der Mitte beglückwünschen sie sich, einzelne fallen einander um den Hals, die Kommenden, die Gehenden, daher und dorthin, dahin und dorther. Dann stapfen sie weiter, durch die Schneise, auf dem Pfad, den die Entgegenkommenden bereits ertrampelt haben, erreichen den gegenüberliegenden Rand des Weges, schreiten fort, ihren heldenhaften Ursprüngen und Zielen zu...

Hätte ich doch jetzt einen Spray zur Hand!

Über die Grenze

An einem Sonntag spazierte ich über die Grenze. Es war Spätherbst. Durch den Hochnebel drangen einzelne Sonnenstrahlen. Der Waldweg lag voll gelber und brauner Blätter, ich ging weich. Neben dem Weg floss mir ein Bach langsam und ruhig entgegen. Ich atmete tief den Duft nach feuchtem Laub ein.

Ich merkte kaum, dass ich die Grenze überschritt. Hätte nicht ein halb verrostetes Schild am Wegrand gestanden, auf dem ‚Landesgrenze' stand, hätte ich es überhaupt nicht gemerkt. Der Bach floss unbehelligt, der Weg führte weiter, laubbedeckt, Wald und Himmel schienen unendlich – wo sollte hier eine Grenze sein?

Es war eine verschwiegene Gegend. Abgesehen vom Rascheln meiner Schritte hörte ich nur hin und wieder einen Vogelruf oder das Glucksen des Baches, wenn er einen Stein umfloss.

Nach einer Weile kehrte ich um. In dieser Jahreszeit kam die Dämmerung früh. Zum Abendessen wollte ich zu Hause sein. Bald erreichte ich wieder die Grenze. Wie war ich aber erstaunt, als auf dieser Seite der Grenze ein glänzendes Schild mit der Aufschrift ‚Grenzübertritt verboten' stand. Daneben ein rundes Fußgänger-Verbotsschild, weiß mit roter Umrandung. Ich blickte mich um – hier konnte mich niemand sehen! Unbekümmert schritt ich weiter. Da trat hinter einem Baum ein Beamter hervor.

„Haben Sie das Verbotsschild nicht gesehen?"

„Schon", antwortete ich, „aber was ist denn das für eine Grenze, über die man nur hin, aber nicht zurück kann?"
„Die einzige, die es gibt," antwortete der Beamte und baute sich unverrückbar vor mir auf.

Liebeshaus

Banker Bambangsen ließ seiner Geliebten zum Ausdruck seiner unermesslichen Liebe eine Luxusvilla bauen. Die Villa war, seinen zärtlichen Gefühlen entsprechend, so zart, filigran und graziös gebaut, dass sie permanent eingerüstet bleiben musste, einerseits um nicht beim geringsten Windstoß einzustürzen, andererseits damit die feinen Fassaden- und Dachverzierungen nicht durch Moos, Ruß oder Vogeldreck Schaden nahmen. Permanent turnten Fassadenpfleger auf dem Gerüst herum und putzten jeden Spritzer und jedes Krümchen weg. Sogar nachts waren sie im Einsatz, wenn Getier wie Fledermäuse und Käuze unerwünschte Spuren hinterließ.

Für die Geliebte war die ständige Gegenwart fremder Menschen vor ihren Fenstern jedoch ein Ärgernis, denn auf der Schlafzimmerseite musste sie Tag und Nacht die Rollläden unten lassen, damit man ihr nicht beim An- und Ausziehen zusah; und auf der Wohnzimmerseite verdeckten das Gerüst und die daran angehängten Anti-Vögel-Netze die prächtige Aussicht auf die weite Ebene, den mäandernden Fluss und das ferne Schneegebirge. Bitter beklagte sie sich darüber bei Banker Bambangsen.

Er setzte ihr geduldig auseinander, wie sehr gerade diese Widrigkeiten Ausdruck seiner übergroßen Liebe seien. Wie könne er ihr denn, wenn nicht durch diese Luxusvilla, welche nun mal solche Schutzmaßnahmen erforderte, seine tiefe Liebe zum Ausdruck bringen?

Sie antwortete, wenn er sie wirklich liebe, solle er mit dem Theater aufhören.

Umwölkten Blickes lenkte er ein, zog das Fassadenpflegepersonal ab und ließ das Gerüst abbauen. Bald bröckelten die Verzierungen auf allen Seiten ab, und beim ersten Sturm fielen die Wände um. Die Geliebte konnte sich gerade noch im Nachthemd aus dem Haus retten, bevor der Dachstuhl herunterstürzte.

„Ich habe alles verloren! Nimm mich bei dir auf!", flehte sie vor Banker Bambangsens Tür.

„Wie könnte ich das, hast du doch meine Liebe verschmäht!", beschied ihr Banker Bambangsen aus dem Fenster und ließ sie draußen stehen.

Friedhof

Jäffry gräbt mit einem Spaten Löcher in seinen Garten. Der ganze Garten ist übersät davon, wie umgepflügt. Loch an Loch, jedes circa zwanzig Zentimeter lang, breit und tief, etwa der Größe des Spatens entsprechend.

„Was lochen Sie denn da?", fragte der Nachbar aus dem Fenster seines Hauses. „War bei Ihnen eine Kanarien-vogelseuche?"

Jäffry lachte.

„Nein, meine alten Fotos, die will ich hier begraben."

„Wieso denn das? Schmeißen Sie sie doch einfach weg!"

„Das wäre würdelos! Wenn ich so ein Foto anschaue, werde ich immer ganz traurig, denn das, was ich sehe, ist alles schon gewesen, wird nie mehr sein. Alles vergangen, alles fort und tot!"

„Schlimme Geschichte", sagte der Nachbar.

„Alle Geschichten sind schlimm", sagt Jäffry und gräbt weiter.

Der Nachbar schaute ihm lange zu. Jäffry legte nun in jedes Loch ein Foto, deckte es sorgfältig mit Erde zu und steckte zu jedem ein Holzstäbchen mit einem daran befestigten Schildchen in die Erde. Auf dem Schildchen stehen die Namen der auf dem Foto abgebildeten Leute und das ungefähre Aufnahmejahr.

Danach verkaufte Jäffry Haus und Garten und zog weg. Die Käuferin, eine Immobilienfirma, plante einen Wohn-block und ließ Bagger auffahren. Binnen weniger Stunden war das Haus abgerissen, die Bagger begannen die Erde aufzuwühlen.

„He!", stürzte der Nachbar aus seinem Haus und stellte sich vor die Schaufeln. „Stop! Hier ist ein Friedhof!"

Nachtmaschine

Grötelinger wurde durch den Lärm einer Maschine wach. Er blinzelte auf die Leuchtziffern des Weckers. Halb drei. Was war denn los? Er schlug das Bettzeug zurück, schwang sich ächzend auf die Füße und trat zum Fenster. Durch die Lamellen sah er einen dunklen Kasten auf einem Anhänger, der an einen SUV gekoppelt war. Sogar von hier oben, zweiter Stock, sah er den Kasten zittern, aus einem senkrechten Rohr quoll schwarzer Rauch. Im Licht der nahen Straßenlaterne rauchten und lachten drei Männer in blauer Arbeitskleidung. Ein vierter, in einer Lederjacke, stand ans Auto gelehnt und fingerte an einem Handy herum. Die Maschine schien weiter nichts zu tun als zu rattern und Abgase zu produzieren.

Kopfschüttelnd schlurfte Grötelinger zurück ins Bett und versuchte weiterzuschlafen. Aber der Lärm hörte nicht auf. Nach einer Weile wälzte er sich missmutig nochmals aus den Decken, schlüpfte in die Pantoffeln, zog sich den Morgenrock über und lief hinunter.

„Können Sie die Maschine nicht ausschalten oder anderswo hinstellen?", fragte er den Mann in der Lederjacke. „Ich brauche meinen Schlaf!"

„Entschuldigen Sie vielmals!", sagte der Mann und trat näher. „Mein Name ist Kroslotz, ich bin für die hiesige Nacht zuständig."

„Wie bitte?"

„Jawohl, mit unserer Maschine sorgen wir für Nacht in dieser Region."

„Bei mir sorgen Sie damit nur für Schlaflosigkeit!"

„Ich weiß, die Maschine verursacht einigen Lärm, darum stellen wir sie auch nie zweimal am selben Ort auf. Ich bitte vielmals um Entschuldigung."

„Aber können Sie die Maschine denn nicht einfach ausschalten?"

„Aber verstehen Sie denn nicht? Sie schafft die Nacht! Ihre Nacht! Die Nacht aller, die hier und in der hiesigen Umgebung leben! Ohne diese Maschine könnten Sie überhaupt nicht schlafen, weil es keine Nacht gäbe!"

„Wollen Sie etwa behaupten..."

„Sehen Sie, sobald wir die Maschine ausschalten, weil sie heiß gelaufen ist, wird es Tag. Im Sommer sehr viel rascher, weil die Außentemperaturen viel höher sind und die Maschine schneller heiß läuft; im Winter dauert es länger. Darum sind die Nächte, die wir im Winter liefern können, länger als die im Sommer. Und während die Maschine für ihren nächsten Einsatz gewartet und vorbereitet wird, bleibt es notgedrungen Tag."

„Aber ich bitte Sie..."

„Ich versichere Ihnen, morgen werden wir an einem anderen Ort stehen. Am besten gehen Sie jetzt wieder schlafen und lassen uns in Ruhe weiterarbeiten."

„Warum machen Sie nicht am Tag die Nacht? Am Tag stören Sie niemanden! Ich werde mich bei Ihrem Obernachtigallerich beschweren!", schimpfte Grötelinger, bevor er wieder hineinging und die Haustür hinter sich zuschlug.

Geheimnisgarten

Burgher hatte ein Häuschen im Grünen mit einem großen Garten gekauft. Im Garten vergrub er sorgfältig seine Geheimnisse – so waren sie sicher – und fuhr wieder heim in die Stadt.

Aber als er ein paar Wochen später zurückkam, hatten seine Geheimnisse alle gekeimt und waren gesprossen und aus dem Boden gewachsen und bildeten einen prächtigen Blumenteppich.

„Verdammter Mist!", schimpfte Burgher und riss sogleich die verräterischen Gewächse aus, grub den Boden um und tränkte die Erde mit einem Unkrautvertilgungsmittel.

Trotzdem hatten, als er das nächste Mal wiederkam, seine Geheimnisse wieder ausgeschlagen. Sogar noch üppiger waren sie gewachsen, blühten noch vielfarbiger, trugen sogar Beeren.

Burgher stöhnte auf. Ein Vetter und seine Frau kamen zu Besuch! Was würden sie sagen, wenn sie seine Geheimnisse entdeckten?

„Ein ganz fantastischer Garten!", rief die Base. „So ursprünglich, so rein!"

„Hier könnte ich auch Kraft tanken!", meinte der Vetter.

Burgher war erleichtert: Sie hatten nicht gemerkt, dass die Pflanzen seine Geheimnisse waren, so schön war der Garten!

Von da an sorgte es ihn nicht mehr, dass seine Geheimnisse ausschlugen, sprossen und blühten. Er vergrub sogar noch weitere Geheimnisse, damit der Garten noch schöner blühte. Und damit ihm die Geheimnisse nie ausgingen, legte er es darauf an, immer wieder andere, neue zu haben. So blühte sein Garten stets wunderschön, und jedermann beneid ihn um den grünen Daumen, den er habe.

Der Drache sitzt in der Mitte

Der Drache sitzt in der Mitte. Wir hingegen, vom Rande schlagen wir mit Latten und Stangen und allem, was uns in die Hände fällt, auf ihn ein, mit Spießen stechen wir nach ihm, richten Wasser- und Feuerstrahlen auf ihn. Er brüllt, er windet sich, er peitscht mit dem Schwanz um sich, schnappt mit den Kiefern, seinem Rachen entströmt Feuer. Wir springen zurück, dann wieder vor, hauen und stechen, wieder zurück und vor und zurück und.

Wenn der Drache endlich ermattet und zermürbt ist, gelingt es jemandem, ihn aus der Mitte zu verscheuchen. Das kannst du sein, das kann ich sein, das kann irgendeiner sein, der zufällig und ahnungslos den Drachen in seinem schwächsten Moment an seiner schwächsten Stelle trifft.

Das gibt einen Jubel! Der Drachenvertreiber wird als Held gefeiert! Ihm zu Ehren essen wir aus Porzellan und stoßen mit Silberbechern an. Und erst die Gesänge!

Doch schon bald geschieht etwas Merkwürdiges: Die Arme, welche die Becher emporhalten, sinken auf den Tisch nieder, die singenden Stimmen werden schütter, Essen bleibt auf den Tellern liegen. Wir sitzen um unseren strahlenden und rotgesichtigen Helden herum, ja. Er sitzt in unserer Mitte, da, wo vorher der Drache gesessen hat, ja. Und doch – er ist nicht unsere Mitte! Er ist nicht die Mitte! Zuerst bröckeln die Äußersten weg, machen sich wortlos davon. Lücken entstehen, der Zusammenhalt bekommt

Risse, wie ein Zuckerwürfel im Wasser löst sich die Versammlung allmählich auf. Alle zieht es hin, hin zur neuen Mitte!

Die neue Mitte! Dort, wo der Drache hingescheucht worden ist, genau dort ist die neue Mitte! Der Drache sitzt immer in der Mitte! Der Drache ist die Mitte! Die Mitte ist der Drache! Wir hingegen, am Rande...

Lebensmelodie

Es klingelte. Ich trat zur Tür und öffnete. Draußen stand ein Engel.

„Herr Koral?", fragte der Engel.

„Ja?"

„Ein eingeschriebener Brief für Sie."

„So? Ich erwarte doch gar nichts."

„Es handelt sich um Ihre Lebensmelodie."

„Ach so. Aber wissen Sie, ich habe mir schon vor längerem mal eine eigene Melodie komponiert."

Ich sang sie dem Engel vor.

„Klingt schön", meinte der Engel. „Dann brauchen Sie das also nicht?"

„Nein", sagte ich.

Der Engel zerriss den eingeschriebenen Brief.

„Nichts für ungut", sagte er.

„Auf Wiedersehen."

Ich schloss die Tür wieder.

Im Tram

Als ich in Ylsan zum ersten Mal mit dem Tram fuhr, erstaunten mich über alle Maßen die Schmuckauslagen im Wageninneren gleich neben den Türen. Halsketten hingen an Häkchen, Ringe lagen in Etuis, Ohrhänger steckten an der Wand. Sie waren aus Gelb- und Weißgold, Silber oder Platin, mit Diamanten, Edel- und Halbedelsteinen in den verschiedensten Farben besetzt, es gab sogar Diademe. Ich beobachtete, wie die Leute, kaum waren sie eingestiegen, einige Schmuckstücke aussuchten, sich vor einem neben der Auslage angebrachten Spiegel anprobierten und sich dann zu den anderen Fahrgästen scharten, die bereits lebhaft Worte austauschten. Leider verstand ich nicht, was sie sagten. Sobald aber jemand ausstieg, zog er sich den Schmuck wieder aus und legte ihn an seinen Platz neben der Tür.

Die Leute in meiner Nähe mussten mich schon länger angestarrt haben, aber ich war so in meine Beobachtungen vertieft, dass ich es erst merkte, als mich ein älterer Herr ansprach und alle Umstehenden dazu nickten.

„Möchten Sie keinen Schmuck tragen?", fragte er in leidlichem Englisch. Er trug je einen goldenen Ring mit einem dunkelroten und einem blauen Stein an den Händen und eine weißgoldene Halskette mit einem Kreuz.

Ich wusste nicht, was ich antworten sollte. Der Herr bemerkte meine Verlegenheit und wies einladend auf die Schmuckauslage. Er nahm sogar einen silbernen Ring mit eingefasstem Smaragd und eine Reversnadel mit Brillant und bot sie mir an. Ich steckte sie mir an. Sogleich klopften mir die Umstehenden auf die Schulter und riefen mir etwas zu, das ich als Aufmunterung interpretierte.

Der Herr fühlte sich wohl für mich verantwortlich.

„Wissen Sie", erklärte er, „auf der Straße hat jedermann ein Ziel und muss auf den Weg aufpassen. Im Tram jedoch kann man sich entspannen, bis man ankommt. Dies ist ein Ort der Begegnung. Wie viele Ehen sind schon im Tram gestiftet worden! Wir machen uns immer schön für die Zeit im Tram."

„Aber", fragte ich, „wird denn nie Schmuck gestohlen?"

„Ganz selten", antwortete der Herr. „Sehen Sie, es geht eben nicht allein darum, selber schön auszusehen. Wenn es nur dies wäre, dann wäre in der Tat Diebstahl etwas Logisches, denn man möchte natürlich der Schönste sein und ist umso froher, je weniger Andere sich schmücken können. Aber bei uns will man nicht nur selber schön aussehen, sondern noch viel mehr möchte man schöne andere Menschen sehen und kennenlernen. Jeder Diebstahl würde die Möglichkeiten der Anderen schmälern, sich schön zu machen, und damit würde man sich selber eines großen Glücks berauben."

Bald kam die Haltestelle, an der ich aussteigen musste. Ich steckte den Schmuck zurück in die Auslage neben der Tür und winkte zum Abschied.

147

Georges Raillard
Hirnströme eines Stubenhockers
und anderes Erzählgut

Das Leben ist absurd und die Banalitäten des Alltags würden uns
erschlagen, gäbe es da nicht die Fähigkeit zu verdichten, eine
verspielte Phantasie, die mit eleganter Leichtigkeit und subtiler
Ironie Skurriles und Groteskes auch dort zu entdecken weiß, wo
man außer dem Altbekannten sonst nichts erwartet.

99 Seiten, 10 Euro, ISBN 978-3-928637-09-1

Georges Raillard
Das Wort und der Schrei
Erzählungen

Georges Raillards doppelbödige, vertrackte und hintergründige
Prosa besticht durch Ironie und Sprachwitz. Ohne Selbstzweck zu
sein, verweist seine sprachliche Sensibilität auf die Vielschichtigkeit
der Wirklichkeit, die der Autor höchst eigenwillig zu spiegeln und zu
interpretieren versteht.

185 Seiten, 13 Euro, ISBN 978-3-928637-20-6

Georges Raillard

Herr Monza
oder
Herr Monza

51 Geschichten

edition sisyph°s

Georges Raillard
Herr Monza oder Herr Monza
51 Geschichten

Aufs neue beweist Georges Raillard in den kurzen prägnanten
Episoden, in deren Mittelpunkt der unverwechselbar eigensinnige
Herr Monza steht, seinen ausgeprägten Sinn für absurde Situatio-
nen voller skurriler Komik und eine wunderbar lakonische Ironie.
Wer die Hirnströme eines Stubenhockers liebte, wird von diesem
Werk begeistert sein.

ISBN 3-928637-30-4, 153 Seiten, 11,50 Euro